Jacky JAULT

NOEMIE 2161

ou
Vivre après l'apocalypse

© 2024, Jacky JAULT

Édition : BoD · Books on Demand, 31 avenue Saint-Rémy, 57600 Forbach, bod@bod.fr
Impression : Libri Plureos GmbH, Friedensallee 273, 22763 Hamburg (Allemagne)

ISBN : 978-2-3225-5858-2

Dépôt légal : Novembre 2024

*A Noémie,
Ma petite fille de 3 ans...*

Anniversaire de Noémie

Valparaiso, en l'an λ81 de l'ère de l'Omega [1].

En ce 16 septembre, Noémie se réveille en douceur, allongée dans son caisson sensoriel, bercée par l'agréable mélodie de sa musique préférée. Ce qu'elle « entend » à cet instant ne transite pas par ses tympans. Le son qui l'envahit se diffuse directement sur les noyaux cochléaires de son cortex auditif, grâce aux prothèses électroniques implantées dans son lobe temporal.

Sa nuit a été bonne, agrémentée de rêves datant du temps d'avant, celui de sa jeunesse. Sa très lointaine jeunesse… Mais comment définir ce vert printemps de l'existence quand on est née en 2021 après J.C (-59 avant λ) et qu'on fête en ce jour précis ses 140 ans ?

Buddy, son robot domestique humanoïde, est déjà à son chevet. Il l'accueille avec une humeur toujours égale, empreinte de déférence.

---

[1] *Correspond à l'année 2061 après J.C de l'ancien calendrier grégorien. Le calendrier de l'Omega, symbolisé par la lettre grecque lamba (λ), débute le 1er janvier 2080.*

Que ferait-elle sans lui ? Il est son principal compagnon depuis tant d'années. Fidèle et intime alter ego composé de résine, d'aluminium et de silicium, il connait tout de la vie de celle dont il a la charge exclusive. Connecté en permanence à la partie du cerveau dévolue aux besoins vitaux de sa maîtresse, il sait mieux que personne devancer ses moindres désirs.

Pour l'heure, Noémie doit se lever. Elle n'éprouve aucune difficulté à retrouver la station debout. Son corps de vieille dame, bien que marqué par le poids des ans, avec sa peau plus ridée et moins tonique, reste parfaitement fonctionnel pour accomplir ses mouvements quotidiens, assisté d'un dispositif de diagnostic permanent également implanté sous son épiderme.

Tension artérielle, rythme cardiaque, température, qualité du sommeil, de la digestion, des défenses immunitaires, tout est monitoré par l'ordinateur cybernétique personnel implanté dans ses entrailles, qui ajuste automatiquement par de légères injections le traitement thérapeutique adéquat dès la moindre suspicion de défaillance d'un de ses organes vitaux.

Sa longévité n'a rien d'extraordinaire en ce milieu du XXIIème siècle où bon nombre de ses concitoyennes atteignent plus de 150 ans, dépassant la limite physiologique de l'être humain, longtemps jugée infranchissable. Cette longue vie n'est cependant possible que par le recours aux cellules souches et aux nanorobots internes.

La population mondiale, celle qui avait échappé au terrible holocauste de l'année zéro du calendrier λ de l'Omega (2080 après J.C), avait bénéficié pour cela des considérables progrès de la science.

Cet apanage de longévité était encore plus prégnant pour les rares privilégiés qui en avaient été jugés dignes par l'Omega, le grand ordonnateur de l'Organisation, organisme mondial qui régissait toute vie sur Terre. A partir de 140 ans, ancienneté appréciable que Noémie venait d'embrasser, l'Omega avait à cœur de célébrer et de mettre en vedette les aînés lors d'un jubilé solennel auquel il n'était pas possible de se soustraire. Cette résonance sociale artificielle et surannée servait les desseins de l'Organisation auprès de la masse des êtres humains en quête d'immortalité.

Malgré son âge très avancé, la descendance de la matriarche n'était pas très étendue, par l'effet d'une dénatalité mondiale continue depuis plus de deux siècles. Le temps où les hommes naissaient hommes, les femmes naissaient femmes, les deux s'accouplant physiquement pour perpétuer l'espèce et créer ce qu'il était convenu d'appeler une famille, avec plusieurs enfants à élever jusqu'à l'âge adulte, semblait relever du Moyen-Age.

Ces pratiques primitives d'un autre temps, qui laissaient trop de place à la nature et au hasard, n'avaient plus cours depuis longtemps. Dans la société de l'année λ81, le renouvellement de l'espèce était exclusivement une affaire de planification générale encadrée, procédant d'une sélection prédéfinie visant à sélectionner scrupuleusement le patrimoine génétique des générations futures. Si le terme d'eugénisme n'était pas directement cité, car trop connoté des heures sombres de l'Histoire, il n'en demeurait pas moins que c'était bien le modèle retenu pour purifier la race humaine et ne donner vie qu'aux individus appelés à servir les desseins supérieurs de l'humanité.

Noémie se remémorait parfois, avec nostalgie, l'époque antédiluvienne de ses premiers émois d'adolescente et des encore partenaires biologiques qui avaient jalonné sa vie amoureuse durant les quarante premières années de sa vie. Ces souvenirs heureux adressaient un autre temps à jamais disparu. Une forme de providence relevait alors de ressorts mystérieux qui laissaient place à la surprise, à la séduction, à l'aventure et au libre-arbitre de chacun.

Dans ces temps reculés, elle avait porté un bébé directement dans son ventre, lorsque l'organisme suprême de régulation des naissances avait exigé qu'elle devienne mère à l'âge de trente ans. Il fallait alors absolument enrayer l'inexorable déclin de la natalité dans la confédération de l'Eurasie, aujourd'hui disparue. Son excellent niveau social et la reconnaissance de son apport scientifique à la société avaient limité sa contribution gestatrice à un seul enfant, par insémination à partir de cellules d'un géniteur strictement sélectionné pour ses qualités physiques, psychiques et intellectuelles.

Les autres mères, moins essentielles quant à leur apport spirituel et technologique à la société, contribuaient plus largement au peuplement, avec deux à trois enfants selon les critères biologiques et les besoins de renouvellement de l'humanité, en maîtrisant la race humaine à un stade de simple remplacement, sans rechercher la moindre croissance. L'incontournable ingénierie génétique veillait cependant à ne donner vie qu'à des individus sains exempts de maladies. Plus que jamais, la transmission de l'espèce était devenue une affaire de femmes…

De sa famille directe ne subsistait que Zora, son arrière-petite-fille et Nathan, son arrière-arrière-petit-fils né en λ51 (2131 après J.C), qui venait d'avoir trente ans. Les deux générations intermédiaires avaient été emportées dans le déluge guerrier qui avait décimé la plus grande partie de la planète.

Il s'était passé tellement de choses depuis le jour de sa naissance, presque un siècle et demi plus tôt à Bourges ! Elle était née alors dans un pays au climat agréable et tempéré qui s'appelait la France, avant que ne survienne la grande déflagration…

Grand-mère à 55 ans, arrière-grand-mère à 85 ans et enfin arrière-arrière-grand-mère à 110 ans, elle ne pouvait compter en ce jour que sur quelques membres de sa famille encore en vie, se comptant sur les doigts d'une main, en mesure de lui rendre visite pour l'événement…

Levée de bonne humeur, Noémie, perdue dans ses pensées, se projette déjà dans la journée singulière qui s'annonce et qui bouleverse un quotidien bien établi dans sa vie désormais réglée et sans surprises. Après un petit-déjeuner frugal ayant l'apparence de l'alimentation d'autrefois, à base de succédanés de café, de lait et de céréales, petite folie qui constitue un de ses derniers privilèges, elle prend une douche ionisante antiseptique avant de revêtir une confortable combinaison en fibres thermorégulée, irradiée de capteurs, ajustant au degré près la température de chaque partie de son corps.

A l'heure convenue, elle prend place dans une navette aéromobile mue par un automate intégré, en compagnie de Buddy, pour se rendre dans le lieu de réception communautaire, appelé « salle d'hospitalité », dédié essentiellement à ce type de rassemblement présentiel. Les regroupements physiques se faisaient rares, la plupart des échanges passant principalement par un semblant de socialisation virtuelle au moyen d'écrans qui avaient envahi tout l'espace. Pour contrebalancer la présence des robots omniprésents dans leur vie et conserver quelques relations humaines, la plupart des échanges étaient réalisés au moyen d'hologrammes très réalistes, en trois dimensions, avec l'usage d'avatars virtuels devenus indispensables.

Outre sa famille réduite aux trois seuls membres ayant exceptionnellement fait le déplacement jusqu'au Chili, le cercle des invités se composait de vagues connaissances de sa région de naissance dans l'ancienne Eurasie, d'anciens collègues scientifiques, des membres du collectif mondial dont elle avait fait partie.

Pour faire bonne mesure, quelques individus locaux avaient été sélectionnés selon des affinités déterminées par l'algorithme de compatibilité mis en œuvre par le fidèle Buddy.

Connaissant parfaitement les goûts secrets de Noémie, ce dernier avait œuvré pour organiser un repas traditionnel, reconstitué selon les critères culinaires du siècle passé, à base d'ersatz de produits aussi exotiques que de la viande, du pain, du vin, du fromage ou des fruits. Le festin se voulait une reconstitution d'une époque révolue, l'authenticité et le goût en moins. Si l'attention était délicate, la triste vérité était que la plupart des invités avaient perdu depuis longtemps le goût de ces denrées rares et oubliées.

Ce regroupement d'humains, dans la salle d'hospitalité du district de Valparaiso, représentait une des dernières concessions que le monde froid et implacable des robots avait conservées afin d'entretenir un semblant de réseau social. Mais la population, peu versée à toute forme de convivialité et d'authenticité, l'utilisait assez peu en général.

Le lieu de vie de Noémie était de toute façon trop exigu pour y recevoir plusieurs personnes simultanément. La notion même de réception et de partage avec ses congénères était par ailleurs devenue vide de sens dans le monde moderne. Chaque humain vivait dans sa bulle, assuré d'une totale sécurité, sans devoir affronter directement d'autres personnes porteuses de mauvaises pensées condamnables ou de bactéries mortifères pouvant échapper au contrôle des robots.

Arrivée à la salle d'hospitalité, Noémie est accueillie par une trentaine d'invités terriens. L'autre moitié des entités présentes sont des robots humanoïdes, indispensables et zélés accompagnateurs des premiers, devisant dans un salmigondis de langage en partie commun avec celui des humains.

Le cérémonial respecte à la lettre un protocole établi pour l'anniversaire d'une personne plus que séculaire. Rien de nouveau toutefois pour Noémie dans ce contexte très formaté et aseptisé, vide de sens et d'émotion, auquel elle a déjà assisté pour d'autres récipiendaires. Sans surprise, un édile représentant la communauté du district prononce quelques mots d'accueil convenus et stéréotypés, sans la moindre personnalisation qui aurait pu agréablement retracer le parcours pourtant riche et singulier de la doyenne. A peine est-il question de sa descendance présente, dans cet insipide et ennuyeux panégyrique vite expédié.

Le délégué de Valparaiso s'exprime dans le seul langage international autorisé et imposé à tous par l'Omega, une sorte d'espéranto assimilable à la novlangue de George Orwell [2]. Après une période de transition de cinquante ans où la pratique des langues avait été facilitée par la traduction simultanée issue de l'intelligence artificielle, tous les langages locaux anciens avaient été bannis.

---

[2] *Référence tirée du roman d'anticipation « 1984 »*

Les contrevenants étaient passibles de poursuites pour pratique d'ancilangue. Tous les langages des temps anciens étaient désormais interdits, effet collatéral d'un embrigadement autoritaire de la pensée et de la parole. L'Omega ne voulait plus voir qu'une seule tête parmi ses sujets et, pour cela, avait œuvré pour exterminer tout ce qui développait un jugement et une identité propre. Les gouvernants avaient recréé le mythe de la tour de Babel avec une langue unique, quitte à appauvrir la diversité des humains pour mieux les assujettir : « *Instrument de communication, la langue est aussi signe extérieur de richesse et un instrument du pouvoir* ». [3]

La liberté était une notion plus philosophique que vécue dans la société dirigiste qui tentait de survivre sur une planète exsangue.

Noémie était une personne à part, affranchie de bien des contraintes subies par ses concitoyens, grâce à sa position d'intellectuelle ayant œuvré une grande partie de sa vie dans le domaine des neurosciences et des systèmes intelligents qui, avec le temps, s'étaient grandement émancipés de la tutelle humaine. Elle disposait de quelques privilèges de caste en regard de son expertise reconnue et de sa participation active à la refondation de la société après le cataclysme.

Sa libre pensée profonde, l'entretien coupable de sa connaissance du français, sa langue maternelle, mais aussi de l'anglais et du chinois relevaient d'une forme de

---

[3] *Pierre Bourdieu - Ce que parler de veut dire - 1982*

dissidence condamnable que sa nature rebelle avait su cacher au grand ordonnateur par sa parfaite maîtrise des circuits neuronaux qu'elle avait largement contribué à définir et à mettre en place quelques décennies auparavant.

A vrai dire, elle ne ressentait aucun intérêt à participer à cette parodie de cérémonie qui servait avant tout les desseins démagogiques d'un pouvoir par ailleurs confiscatoire des droits des humains. La confortable dotation de 2000 crédits octroyée en pareille circonstance ne lui était pas non plus très utile à son âge, au vu des moyens dont elle disposait et de ses besoins quotidiens qui étaient des plus limités.

Le bouquet de fleurs naturelles qui lui avait été offert, en revanche, relevait de la prouesse et d'un véritable cadeau d'un prix inestimable, en ces temps où le monde du vivant ne subsistait qu'au prix d'énormes efforts d'adaptation et d'opiniâtreté, sur une terre devenue en grande partie stérile.

Quelques rares passionnés possédaient encore le feu sacré de la sauvegarde de la nature originelle, de celle d'avant. Ils travaillaient de leurs mains, à l'ancienne, dans des serres fédérales à l'abri des agressions extérieures, cultivant des spécimens de plantes et de produits biologiques, tout en préservant des savoirs-faires ancestraux. Cette arche de Noé moderne était destinée à perpétuer le monde du vivant.

Les robots omniprésents dans la vie quotidienne n'apportaient aucune assistance à cette bizarrerie de compagnonnage archaïque inhérente à la nature humaine, que tout être sensé ne pouvait que qualifier de quête futile et illusoire d'un paradis à jamais perdu.

Zora, son arrière-petite-fille, physicienne vivant dans le continent A2 [4], présente dans la petite assemblée, venait quant à elle de fêter ses soixante ans, dans l'intimité la plus totale. Noémie s'était alors contentée de communiquer au moyen d'une vidéo d'hologramme assortie de quelques mots gentils. Zora était la plus âgée de sa descendance encore en vie. Elle n'avait eu que peu de contacts avec son aïeule jusqu'à ce jour. Problèmes d'affinités, de distance, d'impacts de la vie imposée par le nouvel ordre mondial. Tous ces facteurs n'avaient pas favorisé un rapprochement qui n'était désiré en outre par aucune des deux parties.

Cet éloignement et désintérêt filial n'était pas anormal et constituait même la règle au sein de l'Organisation. Cela procédait d'un lent délabrement des relations et des interactions directes. Les êtres humains s'étaient enfermés peu à peu dans un individualisme d'autant plus exacerbé qu'ils avaient été prédéterminés par la science du génie génétique à ne remplir que le rôle que la société attendait d'eux, dans lequel la notion de filiation avait perdu de son essence même.

---

[4] *Anciennement Afrique du Sud*

Les femmes ne devenaient plus mères comme autrefois. Le terme de mère, ou de mère porteuse un temps utilisé par procédé de gestation pour autrui, avait vécu. Les individus de sexe féminin se contentaient d'offrir leurs gamètes à une banque de reproduction, puis à une couveuse qui assurait toute la gestion de l'embryon jusqu'à sa naissance. Le bébé n'était pas directement un enfant biologique au sens où cela l'avait été durant toute la longue évolution de l'humanité. Il était le fruit du mélange des chromosomes de sa mère et de son père, tous deux parfaitement identifiés, dont le champ du mixage avait été parfaitement contrôlé et orienté.

Dans le cas de Zora, un opportuniste concours de circonstances, lié à un ambitieux programme spatial, lui-même associé à des exigences survivalistes, avait exhumé un recours « à l'ancienne » d'une fécondation in utéro. Ceci à des fins de restauration de pratiques naturelles pour engendrer une descendance sans l'apport de la machine.

Pour autant, si le père de Nathan avait été sélectionné pour ses caractéristiques biologiques, un accouplement avait bien eu lieu entre un homme et une femme, dans une pièce à l'atmosphère contrôlée, appareillée de capteurs et de caméras, interdisant tout affect et tout plaisir.

Noémie n'avait pas été étrangère à cette singulière procréation naturelle maîtrisée, devant donner naissance à un être d'exception. Les privilèges de sa position sociale avaient largement favorisé un devenir de tout premier plan pour Nathan qui était admis dès sa conception dans la plus haute catégorie de la communauté. Il avait été conçu pour être doté de capacités supérieures, avec un quotient intellectuel hors normes. Par la suite, son éducation à la fois scientifique et physique avait été le fruit des meilleurs précepteurs humains et cybernétiques.

Contrairement à la grande majorité de ses congénères qui étaient génétiquement limités, une grande part de ses capacités d'analyse et de jugement lui avaient été dispensées et développées afin qu'il puisse examiner un problème, prendre des décisions, avoir le dernier mot sur la machine. Cette liberté ne s'exerçait toutefois que dans les strictes limites de son enseignement, délibérément dépourvu de sciences humaines, d'Histoire, de sciences politiques ou de philosophie.

Esprit sain dans un corps sain, il était devenu, à l'issue de son cursus d'enseignement émérite, un astronaute fédéral qui participait, avec quelques centaines de spécimens de son genre, à la conquête de Mars, sous le nom de projet Proxima. Il effectuait de fréquents séjours sur la base avancée de la Lune, concourant au grand enjeu survivaliste de l'Organisation d'essaimer la vie sur les autres planètes.

Son éducation spécifique en avait fait un être humaniste, sensible et curieux, expert dans les matières scientifiques qui constituaient le socle de son enseignement. En ce jour de jubilé familial, il revenait tout juste d'une mission lunaire pour assister à cet événement familial qui avait du sens pour lui plus que pour tout autre.

Il n'avait pratiquement pas connu son aïeule et il n'avait pas cherché jusqu'à ce jour à se pencher sur ses origines. Avec les projets de peuplement de la race humaine sur des mondes nouveaux, qui devenaient enfin possibles, il avait contre toute attente développé une conscience aigüe et un appétit grandissant pour la transmission, la genèse de l'humanité et sa propre filiation. Cela avait renforcé sa lucidité sur son rôle de perpétuation de l'espèce humaine, loin d'une Terre nourricière qui l'était devenue de moins en moins.

Noémie était enchantée de la présence de son descendant de quatrième génération, à la tête bien faite et aux attentions si délicates.

Sa présence la touchait profondément. C'était le plus beau cadeau qu'elle pouvait recevoir en cette journée particulière, présent bien plus précieux que les rarissimes fleurs naturelles dont elle venait d'être dotée. Nathan était tellement différent des autres convives, venus par obligation et pour toucher les quelques crédits offerts par l'Organisation. Elle n'était pas dupe de l'assemblée se pressant autour d'elle, qui n'avait que faire de sa petite personne…

Les robots humanoïdes, accompagnant chaque humain dans ce lieu communautaire, restaient étrangers à ce ballet convenu de discours, de récompenses et de buffet aux airs du temps passé qui sonnait faux dans le décor contemporain et aseptisé, sans goût ni vibration.

Insensibles aux émotions, aucune humeur ne les traversait. Les quelques humains, quant à eux - la plupart possédant un âge canonique - semblaient amorphes et détachés de tout sentiment compassionnel. Leur vie morne et sans relief était réglée par des applications personnalisées devançant leurs moindres désirs, au point d'avoir finalement annihilé la notion même d'envie ou de coup de cœur.

Nathan profitait de la célébration d'anniversaire de sa trisaïeule pour approfondir la connaissance de sa famille et de son histoire. Il sut immédiatement qu'il ne s'était pas trompé. Parmi le petit groupe inconsistant et apathique, elle détonnait par son regard bleu ciel, pétillant de malice, dans lequel la flamme de la curiosité et de l'impertinence ne s'était pas éteinte. La fusion fut immédiate. Ces deux-là se comprenaient, se reconnaissant comme faisant partie d'une famille bien plus riche que celle des liens du sang. Ils avaient à l'évidence des choses à se dire...

A l'issue de la cérémonie, chacun des invités rentra chez soi, sans même se promettre de se revoir un jour. Les autres n'apportaient rien à un épanouissement individuel qui était de toute façon très limité.

Nathan, lui, en voulait plus. Il accompagna Noémie et Buddy à leur domicile. Ils passèrent deux heures à discuter de la vie d'avant et de celle d'encore avant. Il y avait tant à dire et la mémoire était demeurée si vive…

Noémie se plongea avec délices dans le récit de ses souvenirs et de ceux qu'on lui avait transmis. Elle se remémorait son enfance heureuse aux temps où tout était différent : la nature, les relations humaines, les traditions, le cercle familial… Elle était la cadette, deuxième et dernière enfant, née cinq ans plus tard que son frère ainé Timothée, qui avait disparu comme des milliards d'autres êtres humains dans la grande guerre nucléaire.

Se levant pour se diriger vers sa chambre, sans demander le concours de Buddy qui n'entendait rien à ces souvenirs préhistoriques chers aux humains, elle revint en serrant précieusement un livre dans ses mains. C'était un simple bouquin comme il en existait beaucoup autrefois, fait d'encre et de papier. Noémie avait conservé cette relique familiale, qui avait échappé au grand autodafé de la révolution digitale, quand tout le savoir avait été numérisé et stocké dans des bibliothèques numériques qui avaient perdu toute consistance matérielle. Le papier, denrée rare, avait été banni et les livres devenus inutiles avaient été transformés en source d'énergie.

Les informations numériques s'étaient imposées comme l'ingrédient et la richesse de base des ordinateurs qui avaient engrangé tout le savoir de l'humanité et pouvaient le restituer immédiatement à la moindre sollicitation, sans perdre le temps que les humains mettaient autrefois à les rechercher.

Victimes d'une censure implacable, certaines données avaient été drastiquement expurgées des mémoires de silicium. Tout ce qui se rapportait à un passé qu'il fallait oublier, à des idées jugées subversives, à des réflexions philosophiques qui pouvaient extraire les gens de leur condition d'assistés, avait subi une grande purge par les dirigeants de l'Omega.

A partir de ce qui restait accessible, les systèmes intelligents triaient et contextualisaient si efficacement ce corpus de savoirs réduits qu'ils se substituaient à toute réflexion, tout esprit critique de la part des humains. Ces derniers avaient trouvé dans cet apparent et alléchant progrès, le renoncement à tout effort intellectuel. L'évolution humaine s'était trouvée freinée dans sa poursuite continuelle du progrès. Le corollaire de cette assistance formatée était la propagation de la pensée unique, terreau indispensable pour la manipulation des peuples devenus incapables de penser par eux-mêmes.

Cette régression des droits fondamentaux était devenue nécessaire du fait de la dérive de la société. Autrefois, l'individu responsable et citoyen agissait en sujet, en être animé, vivant, créatif et spontané. Et cela même lorsqu'il était le sujet d'un royaume ou d'une république, les révolutions en témoignent. Avec la gouvernance sans partage de l'Omega secondée par les robots, les humains n'appartenant pas à l'élite étaient devenus des êtres non pensants, inanimés, rigides et déterminés par leur déclassement.

Noémie avait résisté à ce déferlement de normalisation et d'abrutissement. Tout en servant officiellement l'Organisation, elle avait gardé secrètement les traces du passé et consigné ses impressions dans un journal intime, véritable brûlot en regard des lois en vigueur. C'était sa liberté à elle, quoi qu'il lui en coûte.

Pour l'instant, elle se contentait de transmettre son livre à Nathan, dévoilant par cet acte interdit sa nature frondeuse et iconoclaste. Elle tenait particulièrement à cet ouvrage familial dont elle ne s'était pas dessaisie jusqu'à ce jour et qu'elle avait précieusement conservé en secret. Il avait été écrit et dédicacé par son grand-père, né au millénaire précédent. Elle n'avait pas su à qui transmettre ce précieux héritage [5]. La présence de Nathan apportait à l'évidence la réponse à ce manque.

Le livre décrivait l'histoire de sa famille, remontant à l'année -450 avant λ (1630 après J.C) dans un pays appelé France, au temps du roi Louis XIII, renvoyant ses origines à une époque si ancienne qu'elle ne signifiait plus rien pour la plupart des gens.

C'était un pont générationnel, un témoignage parmi d'autres d'une lignée paysanne qui avait vécu l'essentiel de son existence dans la culture de la terre, avant l'envolée de la science et du progrès aux XXème et XXIème siècles, ces siècles qui avaient accéléré le temps jusqu'à l'irréparable…

---

[5] *« La Généalogie des Jault »* - Edition BOD - 2023

Noémie se faisait un devoir de raconter son parcours avec ses mots à elle, dans une vérité bien éloignée de la propagande de l'Organisation, qui avait depuis longtemps réécrit l'Histoire à son profit.

Cette première rencontre fut suivie de beaucoup d'autres qui lui valurent de comparaître deux mois plus tard devant le haut conseil de l'Organisation, pour sédition et trouble à l'ordre mondial.

Nathan

Nathan faisait partie de l'élite de l'humanité, un être conçu et éduqué spécifiquement pour incarner la quintessence et l'aboutissement parfaits de l'évolution de l'homo sapiens apparu sur Terre 300.000 ans plus tôt.

Sa programmation avait été minutieusement et scientifiquement élaborée dans le but vital et existentiel de permettre le prolongement et le développement du genre humain sur d'autres planètes.

Cette envie de colonisation de mondes nouveaux faisait partie de l'essence même des hommes et de leur quête de contrées inexplorées, de Marco Polo à la conquête de la Lune, en passant par Christophe Colomb. Dès que l'homme avait effectué les premiers lancements de satellites, il avait adressé aux extraterrestres potentiels un message pictural représentant un homme et une femme, ainsi que plusieurs symboles fournissant des informations permettant de localiser le Soleil et la Terre dans le cosmos. Ce message avait été envoyé dans l'espace, telle une bouteille à la mer interstellaire.

Si la vie en provenance d'autres galaxies était envisageable autrefois, il était devenu techniquement possible d'essaimer depuis notre planète nourricière...

Nathan concrétisait l'ambitieuse volonté d'exploration spatiale comprenant la colonisation d'autres astres du système solaire, appelé programme « Proxima » du nom de la plus proche exoplanète hors du système solaire.

Il avait profité de toutes les avancées de la science et il avait été formaté pour remplir la mission primordiale qui lui était assignée. Il avait été éduqué à des disciplines et à des savoirs qui lui offraient une grande autonomie, indispensable à sa survie en milieu hostile, pour faire face à des aléas spatiaux pouvant requérir une décision humaine.

Cette ouverture d'esprit se limitait à des enseignements techniques et scientifiques. Mais le modelage de son cerveau ne pouvait empêcher l'émergence de réflexions, de développement de son libre-arbitre, d'interrogations sur le bien-fondé des décisions de l'Organisation. Sa liberté relative était le corollaire de son autonomie, bousculant le bel arrangement éducatif. Nathan avait hérité de la curiosité et de l'irrévérence de sa lointaine aïeule, dans une forme d'atavisme transgénérationnel, prenant soin par prudence de cacher sa singularité aux programmes inquisiteurs de son environnement.

Son enfance lui avait été en partie confisquée. S'il avait eu la chance de grandir en compagnie de sa mère biologique dans les toutes premières années de sa prime jeunesse, il n'avait pas connu son géniteur, strictement sélectionné pour la transmission de caractéristiques génétiques spécifiques. Le programme de reproduction, d'ordinaire totalement asservi à la machine, avait été assoupli dans son cas afin que la procréation naturelle et ancestrale soit mise en œuvre et que ne se perde pas ce qui avait faire grandir et prospérer l'espèce humaine.

Zora, sa mère, avait eu le douloureux privilège de porter son enfant dans son ventre, contrairement aux autres « mères » qui n'étaient contraintes que d'offrir leurs gamètes à des incubateurs puis à des couveuses qui prenaient en charge la gestation jusqu'à la naissance.

Cette technologie omniprésente dans tous les secteurs de la société possédait intrinsèquement son propre talon d'Achille. Des pannes électriques mémorables à l'échelle d'un continent entier avaient autrefois paralysé toute activité et engendré des millions de morts. C'était une évidence : la nature était plus résiliente que la technologie. En cas de panne durable, il fallait à une poignée de survivalistes les outils vitaux permettant de subsister sans l'assistance des robots. Les élus destinés à quitter la Terre se devaient de maîtriser tout le spectre des connaissances pour pouvoir, seuls, faire face aux situations les plus diverses.

Nathan était préparé à ce statut de surhomme grâce à un enseignement taillé sur mesure en fonction de ses capacités cognitives. Il avait suivi en parallèle un entrainement physique relativement poussé pour résister à ses futurs voyages dans l'espace. L'expression latine « *Mens sana in corpore sano* » [6] prenait tout son sens dans le cas présent.

L'essentiel de sa formation avait été dispensé par des écrans, environné de robots droïdes aux petits soins et de quelques rares précepteurs humains triés sur le volet. Evalué en temps réel et monitoré par les machines, il avait pu progresser rapidement, conformément au programme concocté par l'Omega.

Outre sa mère qu'il n'avait fréquentée que très peu depuis l'âge de ses 6 ans, il avait grandi au milieu d'enfants sélectionnés et surdoués comme lui. Une centaine de jeunes filles et de petits garçons peuplaient le centre supérieur d'éducation spécialisé, le seul implanté dans le continent A3, autrefois appelé Australie. Les centres du Cap, à l'extrême sud du continent A2 et de Punta Arenas dans le sud de la Patagonie, dans le continent A1, complétaient le dispositif mondial d'éducation de l'élite.

Si le cycle éducatif conditionnait des êtres aux capacités supérieures, l'Omega se gardait bien d'éveiller les consciences de ses protégés. La doctrine très encadrée de l'Organisation prévalait en tous points. La dénomination d'Omega en était l'évidence. Le choix de la dernière lettre de l'alphabet grec signifiait un aboutissement, un point final, qui autorisait d'occulter, sans permettre d'objection, tout ce qui avait précédé.

---

[6] *Mens sana in corpore sano : un esprit sain dans un corps sain*

Ainsi, Nathan n'avait que de vagues notions sur le passé de l'humanité. Un être aussi éclairé de nombreux savoirs technologiques était d'une ignorance crasse sur tout ce qui relevait de l'humain. Sa sensibilité lui faisait ressentir ce manque, augmenté du sentiment prégnant qu'on lui cachait quelque chose d'important. Son extrême endoctrinement au travers des précepteurs zélés de l'Organisation, totalement incultes eux-aussi dans ces domaines, ou de son environnement électronique strictement sélectionné, ne lui offrait aucune possibilité de connaissance complémentaire.

Cette appétence de savoirs n'était pas partagée par la plupart de ses coreligionnaires et il se gardait bien d'évoquer ses questionnements et ses doutes, de peur d'éveiller les soupçons des machines ou la délation de ses camarades.

Il avait franchi facilement tous les degrés de son enseignement, devenant à son corps défendant un étalon parfait de la race humaine et un astronaute chevronné rompu aux voyages dans l'espace, avec un esprit d'ingénieur capable de prise de décisions et de collaboration étroite avec les robots qui peuplaient son univers.

Le programme « Proxima » pour lequel il avait été sélectionné battait son plein et touchait enfin au but, plus d'un siècle après son lancement sous le nom initial de « Moon to Mars ». Deux bases lunaires avaient été implantées vingt ans plus tôt, dans la mer des Nuées, située en partie sud du satellite naturel de la Terre. Les communications radio et la durée du voyage en étaient facilitées. Les 380.000 kilomètres étaient maintenant avalés en deux jours seulement, grâce à des navettes mensuelles jouant le rôle de cargo pour affréter le matériel assurant la vie extraterrestre dans ce milieu hostile et assurer le rebond vers la planète rouge. Il fallait un jour de moins que pour la mission Apollo, deux siècles plus tôt. Les limites physiologiques de l'être humain empêchaient des vitesses plus élevées sans affecter durablement l'organisme. Pour le voyage vers Mars, d'autres moyens au long cours, avec un ralentissement artificiel du métabolisme, étaient déjà envisagés et testés.

Nathan était rentré de sa dernière mission depuis la base Armstrong, la toute première installée sur l'astre mort, portant le nom du premier homme à poser son pied sur la Lune. Il avait un peu plus d'un mois de relâche avant de repartir vers les cieux étoilés.

Depuis le satellite naturel de la Terre, il pouvait observer cette dernière à loisir. Elle ne ressemblait plus à cette belle « planète bleue » qui avait enchanté des générations d'humains avant lui. Le désastre était bien visible, avec une couche de nuages permanents couvrant le nord de notre vieux monde. Seul l'hémisphère sud affichait encore des traces de vie, surtout la nuit, avec notamment l'éclairage des seules villes australes bien visibles quand la navette se trouvait à quelques milliers de kilomètres, lors des transits interstellaires.

L'anniversaire solennel de sa trisaïeule offrait à Nathan l'opportunité d'une pause d'autant plus bienvenue qu'il venait d'enchaîner les missions spatiales à un rythme soutenu. Il en était certain, le climat tempéré de Valparaiso, au bord de l'océan Pacifique, lui ferait le plus grand bien.

Il ne connaissait pas très bien sa brillante ancêtre, mais il était tombé immédiatement sous le charme de ses grands yeux bleus à l'expression encore très vive, mélange de douceur, de bienveillance, d'intelligence, de culture et de détermination. Une fois la courte cérémonie vite expédiée à la salle d'hospitalité, il l'avait suivie à son petit domicile où il avait reçu comme une offrande extrême le livre ancien et précieux racontant l'histoire de sa famille.

En dépit de sa remarquable intelligence, il éprouva de sérieuses difficultés à lire un support culturel si incongru. C'était la première fois qu'il voyait un livre et tenait sans ses mains cet opus de 150 pages de papier jauni. L'ouvrage était broché, avec une couverture lisse et brillante, représentant un damassé ancien aux couleurs défraîchies. En parcourant les feuillets, s'exhalait une odeur inconnue, rappelant celle d'un mélange de bois humide et d'encre d'imprimerie, une fragrance surprenante mais pas désagréable.

Le contenu du bouquin était encore plus déstabilisant. La langue utilisée était le français, un idiome dépassé, une langue vernaculaire qui n'avait plus cours et dont l'usage était depuis longtemps interdit par l'Organisation. Il y avait heureusement peu de mots dans l'opuscule et beaucoup d'illustrations des différentes strates d'un arbre généalogique remontant sur treize générations. Si ce lignage avait pu être poursuivi jusqu'à lui, Nathan serait apparu au dix-septième rang de descendance, répartis sur plus de cinq siècles.

Il s'attarda avec intérêt à la page 133 où il put voir en photo son arrière-arrière-grand-mère alors âgée de 2 ans, avec le même regard bleu et des boucles blondes dévoilant déjà une forte personnalité sous un visage enfantin. Il comptait beaucoup sur Noémie pour déchiffrer ce qu'il n'avait pu qu'entrapercevoir dans sa rapide « lecture » de ce livre clandestin au charme quasi ésotérique.

Avant la révélation inattendue des témoignages de sa lignée, personne ne lui avait appris quoi que ce soit sur ses propres origines. Cela n'entrait pas dans les desseins de l'Oméga que de revenir sur un passé synonyme de nostalgie inutile, d'émancipation humaine, de liberté de penser et de circuler.

C'est dans une avide quête d'informations qu'il se présenta le lendemain de la réception et les jours suivants au petit domicile de Noémie. Il fallait cependant se montrer discret et invisible des multiples capteurs et mouchards installés dans l'appartement, à commencer par son robot domestique. Affranchie des moyens de surveillance de chaque individu par l'implacable Oméga, qu'elle avait contribué à créer, elle déclara au système de surveillance la programmation d'une mise à jour complète du logiciel de son fidèle Buddy, pour simuler des interactions en tête-à-tête avec lui dans la pièce principale. Ce subterfuge lui permettait alors de s'isoler avec Nathan dans son dressing aménagé de deux petits fauteuils, pour pouvoir discuter en toute discrétion, déjouant pour un temps les circuits de contrôle. Entre les caméras et les robots personnels, chaque demeure était ainsi étroitement surveillée. La justification boiteuse de cette inquisition se cachait sous des allégations de sécurité pour garantir la sérénité des citadins, ou des prétextes abusifs de prophylaxie pour anticiper les problèmes médicaux et intervenir au plus tôt.

La nature étant devenue stérile et inhospitalière, les humains s'étaient regroupés dans les villes, plus faciles à contrôler. L'Omega était imperceptiblement devenu un état totalitaire qui répondait avec zèle aux aspirations implicites de totale prise en charge de la population, qui n'était plus en mesure de s'opposer à quoi que ce soit.

Nathan et Noémie avaient quelques jours pour effectuer la transmission d'un savoir perdu, jusque-là réservé à quelques ultimes initiés. Ils possédaient la conscience aigüe que d'oser déballer ainsi le livre du passé, c'était ouvrir une boite de Pandore impossible à refermer par la suite. Ils en avaient accepté l'augure, avec un mélange de gravité et de gourmandise.

Les deux intrigants savouraient avec un délice complice cette entorse à la doxa totalitaire voulue par les hommes et servie sans faille par les robots. Pour la première fois de sa courte vie, pourtant riche en expériences les plus marquantes, Nathan entrait comme on entre en religion dans une véritable communion spirituelle, avec une soif d'apprendre sans limites et une confiance nouvelle mêlée d'un peu d'appréhension.

Noémie connaissait bien l'incurie de l'enseignement des jeunes élèves, fût-il réservé à une élite. Mais son âge avancé, malgré son expérience, ne lui avait pas permis de mesurer toute l'étendue de l'écroulement du niveau d'éducation des jeunes gens. Elle se rendit vite compte des lacunes immenses de son descendant en matière d'Histoire et de sciences humaines.

Par où commencer ?

Nathan était devenu un expert des vols spatiaux. Il avait été choisi pour répandre la vie sur d'autres planètes. Le mieux était donc de commencer par le tout début de l'humanité, depuis l'apparition de l'homme sur Terre jusqu'à la catastrophe dont on avait caché l'essentiel aux survivants. Et puis, il y avait sa vie à elle à évoquer. Elle ne l'avait jamais racontée à personne jusqu'à ce jour. Elle méritait bien elle aussi une biographie, tant il y avait d'événements à retracer depuis sa naissance.

La mémoire de Noémie était restée très vive. Son passé d'universitaire et de conférencière apporta facilement les mots pour instruire son unique élève, et pas n'importe lequel. L'un comme l'autre ressentait cette transmission qui s'engageait entre eux comme un office, un acte sacré, nécessitant mille précautions et autant d'approbations tacites pour que la parole soit préservée, dans l'exactitude des faits et le transfert le plus précis possible.

Ces entretiens à huis clos procédaient d'une forme de rite ancestral, analogue à la passation du savoir d'un maitre à son novice, dans le secret d'une alcôve, à l'abri des oreilles et regards indiscrets.

« Au commencement était la Terre… »

Ainsi commença le récit de Noémie, sur un ton didactique, à la fois factuel et humaniste, destiné à frapper l'esprit de son interlocuteur, tout acquis au récit de sa professorale conteuse…

Le procès de Noémie

Santiago, continent A1 [7], deux mois plus tard...

Les services de surveillance de l'Omega ont bien œuvré. Une vieille dame, inoffensive en apparence, est appelée à comparaitre devant un tribunal extraordinaire convoqué pour elle. Il est la plus haute instance juridique de l'Organisation.

Dans la société de contrôle et de discipline mise en place au lendemain du grand cataclysme, on ne badine pas avec le règlement. Et il vient d'être enfreint délibérément, en toute conscience, par Noémie qui doit en répondre devant ses pairs. Les normes fédérales bafouées sont pourtant parfaitement claires. Elles constituent le ciment de la communauté des survivants. Elles reposent sur un système entièrement quadrillé et protégé par un réseau d'ordinateurs surpuissants, de robots domestiques et de puces électroniques implantées dans chaque individu.

---

[7] *Les trois continents où la vie reste possible après la guerre nucléaire sont l'Amérique du Sud (A1), l'Afrique subéquatoriale (A2) et l'Australie (A3)*

Dans ce monde post apocalyptique, tout a été remis à zéro, à commencer par le compteur de l'humanité qui totalisait 2080 années depuis l'arrivée d'un sauveur messianique autoproclamé fils de Dieu, pour le moins déficient dans la titanesque tragédie qui avait menacé l'humanité de son extinction totale.

Comment croire en un Dieu, d'où qu'il vienne, après l'effroyable chaos destructeur ? Depuis, il avait fallu préserver ce qui avait été étonnamment épargné et faire le deuil sur toute la partie de la planète qui avait été détruite et durablement désertée. Un nouvel ordre mondial avait été mis en place dans l'urgence, avec une rigueur toute militaire et un contrôle total, via des ordinateurs devenus omniprésents. La vie réelle et la vie numérique se confondaient, sous une même surveillance permanente, n'offrant aucune zone de liberté individuelle, cette dernière étant assimilée de facto comme de la résistance et de la sédition.

Sédition, c'était là le motif de réunion de cette assemblée. Noémie connaissait la plupart des hauts dignitaires siégeant face à elle en demi-cercle, dans un prétoire de verre et d'acier, aux murs recouverts d'écrans géants. Elle n'était nullement impressionnée par le décorum grandiloquent de ce tribunal, réuni exceptionnellement pour elle. Son flegme et son apparent détachement juraient dans ce lieu hostile où elle était accusée d'avoir créé un précédent dommageable à la bonne marche de l'Organisation.

Sans son âge vénérable récemment célébré, sans sa position sociale parmi l'élite et ses apports essentiels à la création de la constitution en vigueur depuis huit décennies, elle eût été considérée comme une justiciable ordinaire. Elle aurait été de fait jugée sans audience, par simple application de la loi selon un barème préalablement défini. D'ordinaire, ce dispositif, sans intervention humaine, était infaillible et sans appel. En conséquence, personne ne songeait à contrevenir la loi, car il était impossible d'échapper à la vigilance de l'Organisation. Noémie connaissait trop bien les règles et les moyens de contrôle en vigueur pour ne pas avoir transgressé intentionnellement la déclaration universelle de l'Omega.

Elle souriait intérieurement. Ce procès ne la concernait pas, ne la concernait plus. Si elle avait dissimulé ses séances de discussions avec Nathan à son domicile, c'était uniquement pour gagner du temps et aller au bout de sa transmission sans être entravée trop tôt. Et elle avait réussi au-delà de ses espérances. Elle savait que ces tête-à-tête ne manqueraient pas d'attirer l'attention du grand inquisiteur numérique connecté sur la vie de chacun, tel un œil géant à la solde d'une gouvernance totalitaire, mais elle avait pu aller jusqu'au bout et elle avait été la plus forte.

Ce qui lui était reproché était d'avoir révélé des informations interdites, taboues, réservées à une élite dont elle faisait partie, comme d'ailleurs ses détracteurs en face d'elle.

Elle avait trahi. Ce faisant, elle brisait le récit officiel de la confédération. Cette transgression pouvait semer le germe de questionnements incongrus qui n'auraient pas dû exister chez des êtres non-initiés.

Noémie se tenait debout, son fidèle Buddy à ses côtés. Elle serrait dans ses mains un recueil fripé, imprimé sur un reste de papier et relié dans une couverture cartonnée passablement défraîchie. C'était son journal, son confident dans lequel elle avait noté ses émotions, ses surprises, ses réflexions et ses analyses sur l'évolution de la société depuis une centaine d'années. La possession de ce genre d'opuscule faisait partie des objets mis à l'index, tout comme le livre remis à Nathan, qu'elle reconnut sur la table en face du président. En apportant au prétoire son journal intime, elle récidivait et aggravait son cas, puisqu'elle en était à la fois la receleuse et l'auteure. Ce faisant, dans son calcul provocateur, elle prenait un cran d'avance sur ses accusateurs, au demeurant parfaitement courtois et affables envers elle.

Elle prêta serment, la main sur la charte de l'Omega. Aucune justice depuis des temps immémoriaux ne pouvait se passer de ce type d'engagement solennel devant une autorité quelconque. Noémie fut ensuite autorisée à s'asseoir pour écouter le réquisitoire. Le plaidoyer était mal construit, lacunaire, mélangeant des faits avérés et des suppositions invérifiables. Comme souvent, ce qui était caché ou censé l'être laissait augurer des secrets plus terribles encore, ce qui attisait le malaise de l'assistance.

Ce qui interrogeait le plus ces doctes magistrats était la motivation de cette vénérable consœur à divulguer ainsi une « vérité » aux antipodes du récit officiel. En outre, la dissimulation posait question. Quelle faille avait bien pu se creuser dans le système politique en place, malgré la surveillance totale, pour en arriver à ce genre de débordement ? Le Conseil devait statuer s'il était en présence d'un cas isolé ou s'il s'agissait d'une fomentation plus large aux ramifications secrètes dont ils ne voyaient que la partie émergée.

La charge de l'accusation était de taille. Elle fut énoncée par un robot humanoïde, froid et implacable, débitant une série d'événements qui s'affichaient simultanément sur les écrans géants. Ces faits n'étaient pas discutables mais n'éclairaient en rien le véritable sujet, outre la mise en exergue de la préméditation et de la répétition des actes, qui ne pouvaient qu'aggraver la faute.

Tout était scrupuleusement daté et affiché, depuis le jour de la cérémonie d'anniversaire de Noémie, avec la liste des personnes présentes à qui rien ne pouvait être reproché. Venaient ensuite les rencontres, sept jours durant, avec Nathan, l'arrière-arrière-petit-fils de l'accusée. Lui-même devait comparaître devant le Conseil des sages, dans un second temps. On lui avait simplement demandé de rester à la disposition des juges, suspendant *sine die* son voyage sur la Lune et lui ôtant au passage le livre offert par sa trisaïeule, comme preuve matérielle de sa collusion.

Tout comme pour la vieille dame, il avait été traité malgré tout avec beaucoup d'égards, compte tenu de sa position privilégiée d'astronaute fédéral. Noémie, avec un aplomb surprenant dans ce contexte accablant, l'avait rassuré sur l'issue du procès.

Noémie écouta patiemment l'implacable réquisitoire, s'étonnant du manque de discernement et de profondeur de l'argumentation qui s'ingéniait à démontrer les franchissements d'interdits sans en mesurer les potentiels effets positifs. Un procès à charge dans les règles de l'art. Elle ne prenait aucune note et subissait la démonstration incomplète et décousue avec une grande sérénité.

Ce qu'on lui reprochait tenait en une formule : elle avait ouvert la boite de Pandore. A l'instar de la femme trop curieuse de la mythologie grecque qui avait libéré des malédictions sur l'humanité, elle avait délivré et révélé, sans en aviser l'Organisation, des secrets enfouis destinés à être oubliés.

Soustraits à la vigilance des robots, les échanges nourris entre Noémie et Nathan, dans le petit dressing de son appartement qu'elle avait aménagé en salon, hors de portée des caméras et d'un Buddy débranché pour la circonstance, avaient alimenté les plus vives extrapolations.

Sept séances de plus de trois heures avaient ponctué une semaine extrêmement riche, à l'issue de laquelle Nathan en fut profondément transformé.

Noémie, de son côté, s'était sentie libérée et apaisée. Les relevés cardiaques et émotionnels des deux protagonistes recueillis par la suite trahissaient cette intense activité dans laquelle quelques souvenirs avaient pu être captés, confirmant le caractère clandestin et sournois de l'entreprise. L'analyse des enregistrements corporels et sensoriels de la période avaient révélé également de profonds changements dans le comportement de Nathan, ce qui avait conduit à perquisitionner dans son petit appartement et y soustraire le livre interdit.

Rapidement questionné, le jeune homme, conditionné par son éducation et un manque de maitrise des techniques de dissimulation, n'avait pu occulter la teneur générale des échanges, s'en tenant prudemment à l'évocation des principaux thèmes abordés.

De ces échanges nourris, il avait été question de thèmes aussi divers que la philosophie, l'Histoire de l'humanité, la religion, la politique, la procréation biologique et artificielle, l'éducation, le fonctionnement de l'Organisation. Tous ces sujets, destinés à éveiller l'esprit critique, n'étaient pas au programme des savoirs indispensables que devait détenir un individu, ni être accessibles dans les banques de données éducatives. D'ailleurs, personne ne cherchait à connaître autre chose que ce qui faisait partie du tronc de formation dispensé, y compris malgré les quelques variantes relatives aux niveaux d'excellence établis au sein de la société.

En affranchissant le jeune homme au mépris des règles établies, Noémie lui avait insufflé un état supérieur de conscience, de savoir et de curiosité. En le recentrant sur sa nature d'être humain pouvant comprendre et penser par lui-même, elle ouvrait à cet être, conçu pour faire partie de l'élite, les perspectives d'une vraie vie, avec la capacité d'affronter les douleurs du monde plutôt que de subir un bonheur artificiel qui ne reposait sur rien.

C'était là l'essentiel de ce qu'elle voulait exprimer à ses pairs. L'exercice auquel elle allait se livrer était périlleux et délibérément iconoclaste. Il est toujours délicat de révéler une vérité qui n'agréée pas au système de pensée dominante. Mais elle était déterminée à délivrer sa vérité avec toute la force de ses convictions.

Elle se leva lentement, regarda chacun des juges de ses yeux bleus empreints de sagesse et de résolution et commença sa défense, selon sa manière à elle.

Elle tenait son journal fripé dans ses mains comme on tient la Bible. Elle précisa avec malice qu'il était écrit en français, sa langue natale, bien qu'interdite depuis. Elle faisait face, crânement, convaincue de son bon droit, bousculant les certitudes de ces pontes au service d'une organisation toute-puissante qui écrasait tout le monde. Son effronterie impressionnait. Elle sentait enfler son ascendant sur ces personnages bien plus mal à l'aise qu'elle.

Elle prit la parole de sa voix douce mais assurée [8]:

« Mesdames et messieurs les hauts dignitaires de l'Organisation, mais avant tout mes chers amis.

Vous me connaissez pour la plupart et je vous connais bien, certains d'entre vous ayant comme moi dépassé le centenaire.

Vous savez mon attachement à notre Organisation, que j'ai contribué à établir dans les heures sombres qui ont succédé au terrible cataclysme. J'ai mis au service de la cause tout mon savoir et toute mon énergie et j'ai toujours œuvré pour un monde meilleur, pour autant qu'il puisse l'être.

Ma vie ne vous est peut-être pas connue dans le détail, mais j'ai comme vous traversé les deuils, les doutes, le difficile choix de mise en place du nouvel ordre mondial pour permettre à notre humanité de survivre. J'ai accepté comme tout être humain la sécurité qui nous était offerte en échange d'une réduction drastique de nos libertés, afin de permettre d'avancer sereinement sans le spectre d'une nouvelle guerre.

J'ai aussi ressenti les dérives d'une gouvernance totalitaire dont je comprenais les motivations dans ces temps difficiles, mais qui allaient trop loin selon moi dans le déni et l'effacement du passé. Je l'ai malgré tout accepté, dans le but louable de ne pas accabler et

---

[8] *Monologue déclamé en novlangue officielle, traduit ici en français*

bouleverser la masse de survivants dans une nostalgie impossible du paradis perdu.

Je suis une vieille femme, d'un âge canonique, et je me présente à vous avec cent-quarante ans de souvenirs qui ont traversé les moments les plus riches et les plus dramatiques de l'histoire de l'humanité.

Cette Terre nourricière que nous avons détruite, elle a accompagné la vie de toutes les espèces depuis le fond des temps. Alors que nous nous apprêtons à la quitter pour ensemencer d'autres planètes, il me semblait criminel de ne pas garder trace de ce riche passé pour informer et guider nos générations futures.

J'ai essayé à plusieurs reprises de constituer un fonds documentaire pour enregistrer la mémoire de ce passé, dans ce qu'il a de plus glorieux et de plus haïssable, mais mes démarches ont été vaines, y compris auprès de certains d'entre vous ».

Brandissant son journal intime, elle poursuivit :

« Alors, ce passé que personne n'a voulu voir, je l'ai écrit, page après page, pendant toutes ces années.

Tous les malheurs qui se sont abattus sur nous ne devaient rien au hasard ni à la fatalité. J'ai voulu comprendre quelles étaient les causes, pourquoi nous n'avons rien fait et pourquoi nous avons construit le monde d'aujourd'hui tel qu'il est.

Alors que, par nécessité pour les autres et par devoir envers moi-même, j'ai collaboré avec l'Organisation afin d'assouplir une vie fragile et sans horizon, j'ai voulu analyser et écrire avec mes propres mots et mon propre ressenti tous les fondamentaux qui avaient volé en éclats.

En faisant cela, je ne me rendais coupable d'aucune infraction au début. Bien au contraire, je tâchais de thésauriser ce que ma position privilégiée permettait de capter et de transcrire. Ce n'était pas interdit à l'époque.

Ce n'est que bien après, quand nous avons confié les tâches les plus répétitives aux robots, nous aliénant à eux pour la sécurité, la justice, la santé, l'éducation, que nous avons perdu pied, selon moi.

Nous avons délibérément engendré des générations d'être lobotomisés, incapables de réfléchir, d'avoir un avis, de se révolter. C'était rassurant et confortable. Mais nous perdions notre âme, l'essence même de notre nature humaine. »

Noémie s'arrêta et jeta un regard circulaire sur ses auditeurs attentifs qui se laissaient porter par son récit, ne trouvant rien à redire jusque-là, buvant ses paroles avec une estime manifeste. Seuls les robots présents ne témoignaient aucun affect sur ce genre d'histoire dont raffolaient les rares humains encore dotés d'un cerveau supérieur.

Noémie ressentit que son auditoire était mûr pour recevoir enfin la réponse à ses questions. Prenant pour un acquiescement leur absence de réaction sur le constat qu'elle venait de dresser, en y introduisant pourtant de vives critiques au passage, elle continua son plaidoyer avec la même voix douce et charmeuse.

« Ce petit journal représente beaucoup pour moi. Il est mon compagnon, mon confident, mon exutoire. Il témoigne de ma vie, de mes analyses, de mes doutes.

Tout comme mon ancêtre, j'ai créé, sans bien en prendre conscience au début, un ouvrage destiné à être transmis. C'est celui que vous avez devant vous. Il ne parle que de passé, de choses factuelles sur la lignée dont je suis issue. Mon libelle personnel est plus profond et bien plus subversif en regard de vos critères, j'en conviens. Mais au crépuscule de ma vie, ce livre, comme mon journal, restaient en l'état orphelins de transmission.

C'est en redécouvrant Nathan lors de la cérémonie de mon anniversaire que j'ai tout de suite compris qu'IL était l'élu que je n'attendais plus. Je le connaissais à peine. Il était né très loin, dans le continent A2. J'étais intervenue de loin pour optimiser sa conception, mais je ne l'avais vue que trois fois, enfant et jeune homme, avant cette dernière rencontre. Sa venue témoignait de son intérêt pour moi et j'ai découvert un garçon intelligent, sensible, engagé. De loin le plus brillant de toute ma lignée.

Il était tout naturel d'en faire mon héritier spirituel. Je lui ai offert le livre de notre généalogie familiale et j'ai su immédiatement qu'il voulait en savoir plus. Alors, en mélangeant mes souvenirs et ce que j'avais écrit dans mon petit journal, je lui ai transmis tout ce que je savais et dont il n'avait aucune idée.

En une semaine, il a assimilé avec attention, curiosité et gourmandise la totalité de mes enseignements, dont vous n'avez pas la moindre idée à cet instant.

Si on peut me reprocher quelque chose, c'est de l'avoir fait de manière cachée de l'Omega, mais je ne voulais pas être interrompue avant d'avoir transmis tout mon savoir.

Je me tiens à votre disposition pour vous raconter tout cela dans le détail, mais je suis un peu fatiguée. Je vous demande de bien vouloir continuer demain, si vous l'acceptez. »

Le Conseil ne délibéra pas longtemps pour accéder à sa demande, quelques juges étant eux-mêmes d'un âge vénérable.

La prise de parole de Noémie avait produit son effet. Outre son acte de contrition final qui plaidait sa bonne foi sous la forme d'un léger repentir, elle s'était exprimée avec douceur et conviction, dans une élocution parfaite qui forçait le respect.

La suite de son exposé, repris dès le lendemain, fut tout aussi édifiant. Assurant seule sa défense, elle tenait à tout expliquer, avec précision, ne laissant aucune zone d'ombre dans son récit. Avec le même ton didactique, elle s'employa à relater la teneur de ses échanges, jour après jour, dans l'espoir ténu et irréaliste de circonvenir ses juges et de les rallier à sa cause.

Habilement, elle délivra sa narration sous le ton de la révélation d'une parole sacrée à un groupe restreint d'initiés, veillant à ce que chacun assimile son propos. En éclairant ses juges comme elle l'avait fait pour Nathan, elle les mettait sur le même plan et au même niveau de connaissances que lui. Difficile ensuite de blâmer l'un sans éclabousser les autres, sauf à les considérer tous comme faisant partie de la même conjuration.

Par un effet déstabilisant commun aux arts martiaux, Noémie profitait insidieusement de la force de l'adversaire pour retourner le grief à son avantage. Son calcul était simple et passablement machiavélique, n'offrant que deux issues aux magistrats : soit condamner Noémie et Nathan pour avoir échangé des informations taboues dont eux-mêmes devenaient les détenteurs, soit les accepter dans le cercle très sélectif des Maitres de l'Omega.

S'aidant de son journal et du souvenir des conversations avec son jeune disciple, Noémie endossa la posture d'une conteuse relatant la teneur des révélations transmises, se désincarnant au passage pour parler d'elle à la troisième personne.

Elle se mit à rejouer son « cours », profitant de l'aubaine pour essaimer plus largement ce qu'elle avait à exprimer, cette fois-ci devant un parterre plus élargi.

Tout comme elle l'avait fait pour Nathan deux mois plus tôt, Noémie commença à nouveau son récit sur un ton didactique et professoral, consciente de l'inespérée tribune qui lui était offerte…

Rompue aux exposés et aux conférences, elle avait à cœur de toujours situer le contexte pour bien se faire comprendre, n'hésitant pas à faire quelques digressions personnelles ou scientifiques, ou évoquer des rappels historiques pour mettre à niveau son auditoire.

Les chapitres ci-après reprennent l'évocation au tribunal de l'instruction de Nathan durant la semaine de rencontres au domicile de Noémie.

Sept jours avaient suffi à Noémie pour créer un homme nouveau. Une renaissance à bien des égards. Si l'on s'en réfère à la Genèse, il avait fallu le même temps pour engendrer le monde et le tout premier homme au matin du septième jour…

Survivre à l'horreur

« Au commencement était la Terre… »

Noémie cherchait consciencieusement l'instruction et le déniaisement de Nathan à propos de l'enchainement des événements ayant conduit à la terrible catastrophe. Elle décida de faire remonter son récit depuis la naissance de l'univers et le big bang des origines.

La Terre, notre planète bleue, avait connu de nombreuses et profondes mutations depuis sa création il y a près de 4,6 milliards d'années, alternant les périodes glaciaires et les périodes plus chaudes, dans un processus continu d'évolutions propices à l'émergence de la vie.

Depuis l'apparition de l'être humain il y a moins de trois millions d'années, période correspondant aux dernières heures d'une horloge [9] mesurant la durée de toute une journée, jamais la planète n'avait été aussi malmenée et menacée depuis le XIXème siècle.

---

[9] *Horloge de la fin du monde ou horloge de l'Apocalypse, concept virtuel créé en 1947, qui utilise le décompte vers minuit pour dénoncer le danger qui pèse sur l'humanité du fait des menaces nucléaires, écologiques et technologiques. Il est estimé à 90 secondes en 2023.*

L'effroyable guerre nucléaire avait eu lieu en l'année 2080, devenu l'an 1 du calendrier λ, entre des puissances belliqueuses aux visées hégémoniques et jusqu'au-boutistes. Ces nations imbéciles étaient déterminées à s'anéantir les unes les autres dans un déluge de feu incontrôlé, amplifié par l'automatisme aveugle des ordinateurs. Cela avait donné raison aux oracles et aux oiseaux de mauvais augure, en vitrifiant la moitié de la planète.

L'hémisphère nord était devenu impropre à toute forme de vie humaine, animale ou végétale. Un tragique holocauste en avait exterminé l'existence dans ces contrées. Des entités hybrides, cellules protozoaires pour la plupart, n'ayant pas besoin de chlorophylle ni de photosynthèse pour survivre, s'étaient adaptées un temps aux nouvelles conditions de l'atmosphère contaminée, générant au passage des mutations contre nature, mais elles n'avaient pas pu se reproduire durablement et avaient fini par disparaitre.

Composée de l'Amérique du Nord, de l'Amérique centrale, de l'Europe, de la plupart de l'Asie, de l'Afrique et de petites îles d'Océanie, la partie septentrionale de la planète bleue abritait autrefois près de 90 % de la population et couvrait deux fois plus de terres émergées que l'hémisphère sud. Toute cette partie du planisphère avait été profondément et irrémédiablement polluée pour des dizaines de siècles.

Par chance, la Terre avait cette singularité dans l'univers d'être inclinée sur son axe, engendrant le phénomène des saisons. Sa révolution quotidienne, sous les effets de la force de Coriolis, faisait naitre des vents et des courants océaniques inversés de chaque côté de l'équateur, provoquant un régime météorologique distinct entre les deux hémisphères. Les échanges entre les deux moitiés de la planète, via les mouvements de masse d'eau ou d'air restaient, de ce fait, assez minimes.

Si le climat était totalement empoisonné au nord, la vie restait donc possible dans le sud grâce à une surveillance des flux atmosphériques, aux moyens de filtrage et à une organisation adaptée aux nouvelles conditions de survie.

Trois pôles de concentration humaine se partageaient alors la vie résiduelle sur la Terre : le sud de l'Afrique, l'étendue méridionale de l'Amérique du Sud et l'Australie, rebaptisés continents A1, A2 et A3.

Après un pic de plus de 8 milliards d'individus atteint au milieu du XXIème siècle, la population terrestre s'était d'un seul coup drastiquement réduite à moins d'un milliard d'âmes, ramenant le peuplement total de la planète au niveau du XVIIème siècle.

Bien avant la déflagration nucléaire, la réduction vertigineuse des naissances dans le monde entier, surtout dans les nations dites civilisées, avait déjà produit de considérables effets de décroissance. De plus, lors des quatre-vingts années suivant l'apocalypse, dans un contexte anxiogène et des mœurs de moins en moins naturelles, les circonstances n'avaient pas incité les survivants à un sursaut démographique pourtant vital. Un strict planning familial avait alors été établi et imposé, assisté par la puissance du génie génétique, sans que les individus ne puissent s'y opposer.

Nathan avait apprécié cet exposé factuel dénué de tout sentiment ou avis de la part de Noémie. Sa formation scientifique se retrouvait dans ce qui aurait pu être un cours d'Histoire, que les programmes de l'Omega avaient fortement édulcoré. Consciente de l'aridité de son propos, la conteuse avait alors soulevé un peu le voile sur sa propre vie.

Noémie était venue travailler à l'âge de 50 ans sur la base de l'observatoire cosmique de Cerro Paranal, dans le désert d'Atacama au Chili, choisi pour son climat sec et son ciel sans nuages. L'Extremly Large Telescope (ELT), le plus grand du monde avec son miroir de trente-neuf mètres de diamètre, faisait l'objet d'améliorations régulières. L'ALMA, immense réseau de 66 paraboles interconnectées, complétait le site chilien, à grands renforts de spectrographes ou de dispositifs d'optique et de programmes logiciels intelligents. Ces bijoux de technologie offraient une meilleure compréhension du ciel, à la recherche de traces de vie extra-terrestres.

Noémie, avec sa maitrise des systèmes complexes, avait été un rouage essentiel afin de mieux sonder les confins de l'univers, grâce à des algorithmes sophistiqués qui interprétaient les millions de signaux provenant de toutes les galaxies. L'efficacité prodigieuse et fulgurante des ordinateurs permettait d'appréhender simultanément des milliards de données, performance hors de portée de tout cerveau humain.

Noémie s'était partagée à cette époque de sa vie active entre ses campagnes scientifiques sur le haut plateau de la cordillère des Andes perché à 3000 mètres d'altitude et son habitation principale à Valparaiso, en bord de mer, sur une colline bigarrée, envahie de petites maisons traditionnelles peintes de toutes les couleurs, témoins d'un passé révolu.

La montée des eaux des océans, initiée depuis deux siècles par la fonte des glaces, conséquence directe du réchauffement climatique, avait atteint près de deux mètres de submersion sur la côte chilienne, heureusement très montagneuse. La maison, encore préservée à cette époque, était cependant menacée dans un avenir proche par une élévation inexorable du niveau de l'océan Pacifique.

Isolée dans son désert sur les cimes chiliennes parmi des sommités scientifiques, elle se sentait privilégiée et à l'abri des grands soubresauts annonciateurs de l'effroyable tragédie qui allait embraser la planète au cours de la décennie qui allait suivre.

Ayant terminé l'aspect historique et scientifique de son récit, Noémie osa ensuite porter un jugement personnel et tranché sur l'évolution de la société qu'elle avait analysée, accompagnée et subie.

Le confinement des deux comparses dans le petit dressing, à l'abri des oreilles indiscrètes, autorisait ce genre de confidences. Noémie se lança dans sa vision froide et sans appel de l'évolution de la civilisation.

Depuis les origines, la nature même de l'humanité avait totalement changé. Les humains étaient devenus fous et dangereux. Leur quête de savoir et de pouvoir, moteur de l'évolution, inhérente au comportement de leur espèce, avait traversé la longue évolution depuis les hommes des cavernes jusqu'aux hommes connectés, jalonnant la grande Histoire de découvertes majeures mais aussi de conflits de plus en plus meurtriers. A la fois face et son revers, indissociables d'une même médaille, le progrès éclairé et la guerre obscure avaient poussé de conserve. Le premier avait aboli les distances et agrandi le terrain de jeux du second. Malheur au peuple qui ne pouvait pas lutter dans cette escalade fatale, il était condamné à se faire engloutir par un prédateur plus vorace que lui.

La troisième guerre mondiale de l'an 1 avait tout détruit et tout changé, dans un déferlement de feu démesuré et irrépressible, détaillé au chapitre suivant de cet ouvrage. Il avait fallu survivre et reprendre raison après tant de folies destructrices, de bruit et de fureur.

Quatre-vingts ans s'étaient écoulés depuis la funeste déflagration mais le choc sur le vivant n'était toujours pas amorti. Si une expression d'autrefois suggérait « qu'il n'y avait rien de tel qu'une bonne guerre » pour rebattre les cartes d'un monde qui part à vau-l'eau, rien de bon n'était sorti de la destruction massive des humains et de la pollution durable de la planète.

La population mondiale s'était réduite d'un coup des sept huitièmes. Celle encore en vie ne se reproduisait plus autant qu'avant. Outre le manque de confiance en l'avenir qui avait affecté profondément les survivants, le métabolisme des humains avait rapidement changé. La radioactivité, bien que limitée dans l'hémisphère sud, altérait la fertilité des hommes et des femmes. La science avait certes pourvu à cette dénaturation en capitalisant quelques gènes de l'humanité dans des banques d'embryons, mais cela était loin d'être suffisant au vu des nouveaux enjeux. Il fallait désormais intervenir sur les gamètes des porteurs masculins et féminins rescapés et les traiter à grands renforts de ciseaux d'ADN pour les rendre fertiles et viables. Ensuite, c'était le rôle des couveuses que d'incuber l'ovule fécondée pour l'amener à son terme. Mais si le progrès accompagnait parfaitement la nature, il fallait toujours neuf mois pour donner vie à un petit être humain...

Les ressources organiques naturelles avaient fondu dans la même proportion que le nombre d'individus, mais elles restaient suffisantes pour assurer la survie de l'espèce, d'autant que les habitudes alimentaires s'étaient déjà transformées du tout au tout. La viande, le poisson, les fruits, les légumes, les céréales avaient depuis longtemps ralenti leur proportion dans la nourriture des humains et n'intégraient plus grand-chose de biologique.

Les apports quotidiens en protéines, lipides, glucides, vitamines et minéraux étaient établis scientifiquement, de manière suffisante pour les besoins alimentaires et énergétiques journaliers d'un individu pratiquant une faible activité physique. L'essentiel des nutriments provenait de la chimie de synthèse, à laquelle il était adjoint systématiquement des volumes conséquents d'iode pour protéger le système lymphatique des effets de la radioactivité, en particulier la glande tyroïde. Si la source des rayonnements restait éloignée à de milliers de kilomètres, aux confins de la planète, une radioactivité résiduelle largement supérieure aux seuils admissibles dans l'eau et dans l'air nécessitait cette précaution élémentaire. Tous les vêtements comportaient, outre des capteurs et des zones thermorégulées, une trame de fin treillage d'aluminium, rempart efficace aux principales menaces ionisantes. Les personnes devant travailler durant un temps plus long à l'extérieur devaient porter des tenues beaucoup plus filtrantes et un cache tyroïde à l'efficacité optimale.

Mesure de prévention supplémentaire, chaque personne portait en permanence un dosimètre individuel, dans un premier temps portatif, puis progressivement implanté dans l'épiderme et relié à une centrale de commande gérant les alertes et procédant aux ajustements d'iode dans l'organisme. L'humanité s'était accoutumée à cette assistance vitale, au point de ne plus y prêter attention au bout d'une génération.

La question du réchauffement climatique, enjeu majeur d'avant la guerre, avait disparu. L'emballement accéléré des températures s'était stoppé net par l'épais nuage de suie qui avait recouvert durablement une grande partie de l'atmosphère. L'activité humaine, responsable de ces dérèglements par la production de gaz à effet de serre et l'usage de produits carbonés, avait également cessé son œuvre pour l'essentiel. Avec le refroidissement brusque et soudain du climat, le niveau des océans s'était stabilisé, n'entrainant pas la submersion supplémentaire annoncée.

Cela, Nathan en avait vaguement conscience. Il portait comme ses congénères les habits appropriés et les moyens de contrôle de la radioactivité, sauf quand il séjournait sur la Lune, où il subissait d'autres contraintes. La nourriture insipide à laquelle il était habitué depuis son plus jeune âge ne le dérangeait pas. Les robots qui l'environnaient faisait partie de son univers familier. Il n'était tout simplement pas en mesure d'imaginer le monde d'avant.

C'est dans ce monde à reconstruire que Noémie avait apporté tout son savoir technologique et scientifique. Elle devait sa survie à son activité de chasseuses d'étoiles qui l'avait placée du bon côté de la planète au bon moment, avec sa petite-fille auprès d'elle, au Chili. Le reste de sa famille et bon nombre de ses amis avaient disparu dans le feu de l'enfer.

Son expertise, la rareté de ses compétences, sa sagesse et son humanisme étaient alors plus que jamais utiles, mais l'urgence n'était plus à la traque de la vie extraterrestre. Il fallait organiser celle des survivants.

Un comité de scientifiques fut créé dès l'automne 2080, dans un contexte d'état d'urgence pour sauvegarder ce qui pouvait l'être encore et redonner dans l'urgence un mode de fonctionnement sécurisé au reste de l'humanité. Compte tenu de la dangerosité du monde irradié, les robots furent largement utilisés. Ils étaient les seuls à pouvoir pénétrer dans les zones interdites, effectuer des prélèvements, faire des analyses. Leur usage et leur influence se mit à grandir avec les années, jusqu'à les rendre indispensables.

Depuis déjà plus de cinquante ans, la place donnée aux ordinateurs avait considérablement évolué dans la société, au point d'envahir et de pervertir insidieusement toute la vie sociale sur toute la planète. Les relations entre humains en avaient été profondément affectées au point de générer des ruptures entre générations, classes, courants de pensée, appartenance religieuse, foyers. Autant de communautarismes exacerbés devenant vite irréconciliables en regard des fondements d'une société de partage et de construction commune. L'ordinateur et ses dérivés étaient devenus le nouveau Dieu. Des limitations d'usages, aux objectifs naïvement vertueux, avaient été ordonnées par de nombreux comités d'éthique relevant de chaque pays, chaque fédération et même des Nations Unies, mais en vain.

Noémie n'avait pas échappé à cette folie d'informations se déversant sans contrôle sur le smartphone que ses parents lui avaient offerts dès l'âge de six ans. L'addiction n'en avait été que plus sévère, jusqu'à ce qu'elle se rende compte à l'adolescence des effets pervers et malsains qui conduisaient à l'abrutissement de son entourage. L'enfant qu'elle était se comportait à son insu comme une consommatrice de contenus sélectionnés pour elle en fonction de ses centres d'intérêt, tout en les rendant publics auprès d'officines qui en tiraient au mieux un avantage commercial, mais plus sûrement un endoctrinement social et politique.

Elle avait eu à temps le sursaut salutaire lui permettant de prendre du recul et de tracer sa propre voie.

En cela, elle avait bifurqué vers un autre chemin, celui de l'instruction, de l'effort, de la curiosité et de l'altruisme. Alors que la logique du moindre effort et du repli sur soi avait gagné toutes les couches de la société, Noémie avait développé une appétence gourmande pour les sciences, dont le fondement résidait dans la maîtrise des ordinateurs, non comme des substituts de la pensée, mais comme des leviers pour démultiplier sa soif de connaissances. Cette boulimie avait débouché sur son expertise reconnue des systèmes complexes au service de la recherche spatiale.

Elle avait vécu dans sa jeunesse l'essor irrépressible de la suprématie de la machine, présentée comme la panacée utopiste apportant une réponse infinie face aux limites de l'esprit humain.

Nathan ne connaissait pas la genèse ayant introduit une forme d'intelligence au sein des robots. Noémie reprit son ton docte et précis pour retracer les débuts de cette révolution qui était devenue totalement banale quelques décennies plus tard. Le jeune homme buvait ses paroles, ébloui par tant d'érudition.

L'émancipation des machines, autrefois asservies à la seule programmation des humains, avait commencé avec l'explosion de l'intelligence artificielle, dans une course effrénée des majors de la Silicon Valley en Californie pour ravir le leadership mondial. Les méga entreprises telles que Amazon, Google, Microsoft, OpenAI, NVidia, Neuralink avaient investi des milliards de dollars pour s'assurer la maîtrise de la prise de conscience des machines, devenues capables de générer elles-mêmes leurs propres algorithmes et de choisir une solution qui n'avait pas été prévue initialement par les humains. Bref, de développer un solide raisonnement et un début de conscience.

Chacun avait bien compris les dangers de cette réaction en chaîne. Un des plus fervents promoteurs de l'AI [10] tenait paradoxalement un discours alarmiste, tel un

---

[10] *Elon Musk, patron de Tesla, Starlink et Neuralink : « l'intelligence artificielle est potentiellement plus dangereuse que les armes nucléaires »*

conducteur klaxonnant pour prévenir du danger alors qu'il accélère vers le mur contre lequel il va s'écraser.

Des garde-fous avaient été posés par un comité de sages, mais la recherche démesurée du profit avait submergé les digues morales des grandes entreprises dont les dirigeants composaient les plus grandes fortunes mondiales.

Le combat était perdu d'avance. La clairvoyance n'était plus audible. Le recours systématique des nations à cette intelligence froide dépourvue d'affect, avait logiquement conduit à la catastrophe et à la troisième guerre mondiale.

Noémie était fatiguée. Remuer ces souvenirs lui était à la fois revivifiant et harassant. Elle s'était laissé emporter bien plus loin qu'elle ne l'avait imaginée au début de l'échange. Ses souvenirs venaient par vagues successives éclairer le visage de Nathan. Les informations qu'il recueillait avec gravité et délices étanchaient sa soif de connaissances. Elles confortaient son sentiment d'une réalité parallèle que l'Organisation avait substituée à des fins de manipulation et de réécriture de l'Histoire.

Il apprenait beaucoup mais il voulait en savoir encore plus. Voyant la fatigue sur le visage de sa trisaïeule qui conservait toutefois cet éclat bleu et vif dans son regard, il se leva pour l'embrasser. Noémie se leva à son tour et reconfigura Buddy pour lui faire reprendre une activité normale.

La séance avait duré trois heures. Nathan lui promit de revenir le lendemain.

La vie d'avant et d'après

Le lendemain, second jour des entretiens, le récit de la vie de Noémie reprit dans les mêmes conditions, au sein du petit dressing devenu pour Nathan comme un cabinet de curiosités virtuel, où un monde disparu refaisait surface comme par magie, sous l'évocation savante de la vieille dame.

Il était revenu chamboulé par les révélations de la veille et il s'en trouvait plus désireux encore d'en connaitre les détails. Noémie avait vécu soixante ans avant le grand cataclysme et vécu quatre-vingts ans depuis. Elle était la mémoire vivace de ces deux mondes radicalement différents qu'elle avait eu le bonheur ou le malheur de connaître. Nathan voulait tout savoir sur ce qui avait poussé les hommes à commettre l'irréparable, et surtout comment était « la vie d'avant ».

S'écartant d'une description manichéenne où tout serait passé d'un seul coup du blanc au noir, Noémie s'attacha à décrire par le menu les signes avant-coureurs qui annonçaient l'inéluctable et dramatique issue.

Passant du monde actuel au précédent, elle cherchait à mettre en perspective les deux facettes d'une même réalité, comme un pont jeté entre plusieurs générations d'individus totalement dépassés par le progrès puis par l'accablement.

Dans la vie quotidienne actuelle, celle des terriens du XXIIème siècle, le couplage intime des ordinateurs intelligents avec la biologie de l'être humain, avait envahi tout l'espace et constituait la règle. Personne n'aurait envisagé une vie « naturelle » sans cette cohorte d'auxiliaires indispensables.

Cette assistance cybernétique, doublée d'un contrôle permanent de chaque fait et geste, réduisait à peau de chagrin les libertés individuelles, par un simple effet mécanique.

Des millions de caméras avaient depuis longtemps quadrillé tous les lieux de vie, dans l'espace public et les foyers individuels. La Chine avait été le précurseur un siècle plus tôt pour la reconnaissance faciale, d'abord décriée puis adoptée par l'ensemble des pays. Chaque individu n'était plus identifié que par ses caractéristiques biométriques, pilotées par un système de régulation qui préfigurait l'Oméga, le grand ordonnateur mondial de l'Organisation.

Des assistants domestiques s'étaient multipliés à outrance dans tous les domaines. Après la primitive révolution de l'ordinateur, la miniaturisation sans limites avait généré des petits boitiers portatifs appelés smartphones, ou téléphones intelligents. Avec le temps, ces appareils servaient moins à téléphoner qu'à concentrer toute la mémoire et toutes les actions de son possesseur. Prise de photos et de vidéos, visionnage de films, gestion de calendriers, fonctions de bureautique, support de réseaux sociaux, jeux en ligne, moyens de paiement, données administratives dématérialisées, applications diverses dans la domotique à distance ou le suivi de la santé individuelle, géolocalisation par satellite, les usages s'enrichissaient jour après jour au point de provoquer une addiction sévère et irréversible de toute la population. Noémie n'y avait pas échappé.

Cette accélération technologique avait engendré une dépendance totale à la machine, tout en conservant par un aveuglement collectif l'illusion d'en rester les maitres. Les voitures, et plus largement tous les moyens de locomotion, étaient devenus autonomes. Reconnaissant leur propriétaire, ils se dirigeaient à la voix vers la destination souhaitée, gérant eux-mêmes au passage les recherches d'énergie nécessaire à leur fonctionnement. Le smartphone permettait de piloter à distance l'éclairage et la température de la maison, l'ouverture et la fermeture des volets, le ménage, la vidéosurveillance. Il pouvait commander un repas correspondant aux goûts de chacun, qui était livré par drone dans le quart d'heure. Couplé à des lunettes connectées, il délivrait des informations le plus souvent inutiles, tout en « améliorant » la vision des lieux par des inserts de réalité augmentée, plongeant l'individu dans un monde virtuel permanent, déconnecté de « la vraie vie ».

Le travail, dont les tâches pénibles avaient été depuis longtemps confiées à des robots, s'était dématérialisé sous le concept de télétravail. L'environnement était devenu de plus en plus artificiel. Les productions cinématographiques, par exemple, s'étaient affranchies des acteurs, remplacés par des avatars plus souples et plus faciles à diriger, à base de scénarios écrits en quelques heures grâce à l'intelligence artificielle.

L'éducation avait également effectué sa mue, remplaçant un système éducatif arrivé à bout de souffle à force de nivellement mortifère toujours plus forcené, servi par des professionnels désabusés et désengagés. L'initiative pédagogique avait disparu sous l'emprise de syndicats forcenés promouvant l'égalité des élèves au lieu de rechercher la promotion de l'excellence. Là encore, les systèmes intelligents avaient pris efficacement le relais, en adaptant le cursus scolaire à chaque élève, à grands renforts de tutoriels et de Mooc (Massive Open Online Course) proposant des activités d'apprentissage en ligne depuis chez soi, par des professeurs hautement qualifiés dispensant leur savoir à des classes virtuelles réparties sur toute la planète.

Nathan avait bénéficié de ce type d'enseignement, assuré essentiellement par des programmes et par quelques rares professeurs en présentiel. Imaginer une classe d'âge assujettie à un même programme scolaire simultané, sans tenir compte des facilités d'apprentissage de chacun, lui semblait relever de la dernière des imbécilités. Noémie lui confirma que c'était pourtant ce qui avait été son propre lot, comme tous ses ancêtres avant elle. Mais elle était d'accord avec Nathan sur l'imbécilité du système éducatif du vieux monde qui avait peu à peu fait disparaitre les filières d'excellence au profit d'un étiage inadapté, à la fois aux élèves surdoués et aux élèves déficients.

De même, tout ce qui autrefois nécessitait un déplacement physique en direction de l'autre avait disparu peu à peu. On connaissait plus facilement un follower à l'autre bout de la planète que son voisin de palier. Le sens de la convivialité s'était dissous au profit d'un plaisir personnel sans cesse sollicité. Le factice et l'apparence régnaient en maitres.

Ce qui avait fondé depuis toujours la société des hommes avec les notions de collectivité, d'intérêt général, de partage, de fraternité, s'était peu à peu recroquevillé dans une approche mercantile et nombriliste de repli sur soi, de rejet de son prochain, de plaisir instantané et d'indifférence à la cause commune. Le citoyen autrefois engagé avait fait place à l'individu consumériste. Le responsable politique, celui qui étymologiquement prenait en charge le destin de la cité, quel que soit son niveau d'intervention, était devenu démagogue dans ce contexte d'individualisme exacerbé. Plus largement, le leader, autrefois esprit éclairé vénéré, respecté et craint était devenu le bouc émissaire et la victime expiatoire de toutes les frustrations d'une population assistée et haineuse, insatisfaite par essence. Les plus enragés déversaient anonymement leur bile sur des réseaux sociaux leur garantissant une totale confidentialité et une encore plus grande impunité.

Les vertus de la démocratie n'avaient pas résisté à tant de veulerie et de tripatouillages électoralistes. Le besoin de sécurité et le repli identitaire de chacun avaient généré une vague de fond déferlant sur l'ensemble des nations, portant au pouvoir des régimes autoritaires avides d'endoctriner un peuple irrationnel, passif sur l'essentiel et virulent sur l'accessoire, pour mieux le soumettre encore.

Cette indolence démocratique avait fait le terreau de la répression et de la course aux armements, servie par les volontés hégémoniques de quelques illuminés ivres de toujours plus de pouvoir, dont le but futile et dérisoire était de laisser une trace dans l'Histoire.

Se racontant ainsi, Noémie se rendait compte de la violence de son propos, qu'on aurait pu attribuer à une militante révolutionnaire, d'autant que cette inclination partisane lui ressemblait peu. A son âge, après avoir vu tant de reculs par rapport à la vie agréable de sa jeunesse, elle se lâchait enfin, soucieuse de témoigner sans filtre et cependant lucide quant aux profonds effets produits sur le jeune homme qui recevait ce flot d'informations comme un coup de poing dans le ventre.

Sentant qu'il était réceptif et mûr pour entendre la suite, elle porta l'estocade en abordant les conséquences politiques et sociales de l'holocauste, décrypté au prisme de sa propre expérience. Elle ne s'attarda pas sur la conflagration nucléaire, il y avait tant à en dire… Elle préférait réserver ce sujet délicat pour la séance du lendemain.

Ce qui était évident, c'est que le monde des humains devait à l'incurie galopante des gens de pouvoir l'origine de la troisième guerre mondiale.

Quand le fracas des bombes finit par disparaitre, tout était à reprendre, en mieux si possible.

L'humanité survivante se mit rapidement d'accord sur la primauté des droits universels dont les fondements remontaient à la déclaration des droits de l'homme et du citoyen et à la constitution américaine. Un tour de vis sécuritaire s'imposait cependant, pour redonner un cadre strict à une population perdue. Le nouvel organe d'administration, l'Omega, avait en conséquence concentré les pouvoirs dans un dispositif unifié. Pour assurer le respect et l'application des lois, les robots avaient été très largement sollicités, garants de probité et peu suspects de détournement de pouvoirs.

La liste de normes applicables avait été drastiquement épurée. Il n'était plus nécessaire de s'en remettre à la justice des humains pour les exécuter. Les ordinateurs s'en chargeaient très bien, nourris de milliers de textes et de jurisprudences, eux-mêmes largement épurés, qui procuraient un verdict juste et équitable, sans possibilité d'appel ou de cassation. Les délais avaient été réduits, les passe-droits prohibés, les peines réellement appliquées. Elles consistaient la plupart du temps en des réponses définitives à la hauteur du préjudice jugé. Dans une loi du Talion implacable, réminiscence des anciennes traditions et des textes anciens, la notion du « œil pour œil, dent pour dent » n'avait jamais été aussi prégnante. Grâce à des substances chimiques injectées dans le corps du délinquant, selon la nature de l'outrage, ce dernier se voyait privé de toute intention de recommencer, abjurant à son corps défendant les pulsions qui en étaient la cause. Une puce implantée sous l'épiderme en faisait un être sous surveillance permanente de l'Omega.

C'est ainsi que le monde d'après avait fixé de nouvelles règles de vie en société, dans un cadre très strict censé garantir que le fléau de la guerre ne puisse se reproduire.

Le scénario pourtant fantasque de l'extravagant et inquiétant docteur Folamour [11] avait bien eut lieu. Le risque nouveau était l'émergence d'un docteur Frankenstein, incarnation d'un Prométhée moderne dépassé par sa créature. Pas de monstre humanoïde repoussant et facilement identifiable, cette fois-ci, mais un conglomérat toujours plus puissant de machines devenues incontournables, capables de se substituer à l'intelligence humaine.

---

[11] *Film de Stanley Kubrick – 1964. Le film raconte le déclenchement d'une frappe nucléaire massive sur l'URSS par un général de l'armée de l'air américaine atteint de folie paranoïaque*

Dans ce nouvel ordre mondial, la société rescapée avait perdu pied, sans bien se rendre compte du rognage progressif de ses libertés. Nourri du sentiment de survivance, avide de sécurité, plus que jamais égocentré, l'humain ne donnait d'autre sens à sa vie que celui de vivre au jour le jour, en laissant à l'Organisation le soin de pourvoir à ses besoins vitaux.

Le petit cénacle de scientifiques à l'origine de ce nouveau magistère s'était arrogé quelques privilèges, échappant par des programmes spécifiques et secrets au contrôle des machines, comme autant de petites portes de sortie nécessaires pour éviter de perdre totalement la maîtrise de leurs créatures.

La sélection naturelle si chère à Charles Darwin avait vécu. Si l'évolution des espèces avait retrouvé droit de cité, la nature n'y avait plus sa place. Un plan cinquantennal avait été mis en place pour ordonner et projeter les grands desseins de la planète, couvrant deux générations. Les besoins étaient établis très en amont et déterminaient précisément les types d'humains nécessaires à leur renouvellement, aux nécessités de compétences rares pour la collectivité et à l'utilité de certaines catégories de ressources.

Noémie faisait partie de cette caste privilégiée qui avait la main sur certaines parties des ordinateurs dévolus au pilotage de la société. Elle en avait tiré l'avantage d'une vie jouissant d'une relative liberté, dans laquelle son libre-arbitre n'avait pas été totalement annihilé par le puissant déterminisme de l'Omega. Sa contribution au lendemain de la guerre, à l'âge de 60 ans, lui avait conféré quelques avantages dont elle avait usé plus que de raison pour transmettre, dans un népotisme avéré, ses privilèges à sa descendance encore en vie.

C'est grâce à ce traitement de faveur que Nathan avait été programmé pour devenir un être doté de caractéristiques physiques, intellectuelles et émotionnelles optimales pour constituer un des nombreux prototypes humains appelés à conserver la pureté de l'espèce et à propager la vie sur d'autres planètes.

Nathan recevait cette confidence personnelle avec beaucoup d'émotion. Tout d'un coup, le but de sa vie s'éclairait. Il comprenait enfin pourquoi il était si différent des autres et ce qu'on attendait de lui, dans cette perspective si magnifiquement évoquée par cette femme unique qui en était une des chevilles ouvrières. Noémie avait fait son temps. Il lui restait ses nombreux souvenirs et cette jouvence inespérée de pouvoir transmettre son savoir sans risque d'incompréhension ou d'oubli.

Mise en retrait de la vie active à l'âge de cent ans, vivant ses quarante dernières années dans un confort spartiate mais fonctionnel, assistée de son fidèle robot Buddy, elle suivait désormais de loin la marche du monde d'un regard distancié et lucide. Elle avait perdu depuis longtemps ses illusions sur la nature humaine, environnée d'une population majoritairement assistée, sans projet ni ambition, dont le désœuvrement physique et intellectuel

La vie d'avant et d'après

marquait une régression de l'humanité dans l'essence même de son évolution et de son progrès continu. Elle en ressentait des regrets et un brin d'amertume mâtinée d'un fatalisme qui ne lui ressemblait pas.

Cette dégénérescence sociale avait commencé au début du XXIème siècle. Rompant pour la première fois avec des millénaires d'efforts et de luttes pour leur survie, les humains s'étaient enfermés dans un confort toujours plus grand et toujours plus sollicité. Ils en avaient gagné une volonté moindre et une fatigue au travail définitivement abolie. Abrutis de perfusions sociales et économiques d'un état providence bientôt à bout de souffle, ils s'étaient irrémédiablement convertis à une paresse d'autant plus aisée que les machines prenaient le relais pour les tâches pénibles et les horaires peu acceptables.

La quête de savoir et d'instruction ne constituait plus un but ni une émancipation sociale. Une paupérisation des esprits avait fait florès, touchant tous les pays et toutes les couches de la société. Par un manque criant de réponse satisfaisante à ses besoins sans cesse renouvelés, le peuple s'était nourri d'envies, de jalousies, de ressentiments, de rancœurs, puis enfin de violences pour faire entendre une voix de désespoir et de haine imposant par effet boomerang une revendication contradictoire d'ordre et de sécurité, en échange d'une liberté trop lourde à porter.

Ce terreau, propice à tous les extrêmes, avait faire éclore un système répressif qui se voulait rassurant pour une population de plus en plus nombreuse, n'ayant plus à faire de choix autres que ceux proposés sournoisement par quelques poignées d'autocrates qui gouvernaient la planète. Le système touchait à ses limites. Au nom de sa propre souveraineté, de son besoin d'espace vital, de sa fierté conquérante, chaque état suffisamment puissant pour être entendu au concert des nations, était devenu belliqueux et surarmé.

C'est dans ce contexte éruptif et d'une hypersensibilité que fut déclenchée la troisième guerre mondiale, la plus terrible de toutes…

La séance touchait à sa fin. Nathan remercia encore chaleureusement son oratrice. Les instants privilégiés qu'il vivait constituaient un formidable booster de son existence.

Grâce à Noémie, il découvrait un pan de connaissances totalement inconnues. De nombreuses interrogations s'estompaient et tout se mettait en place dans sa tête comme un immense puzzle dont il entrevoyait enfin un fil directeur. D'autres questions se faisaient jour, qu'il poserait plus tard. Il manquait encore de nombreuses pièces pour esquisser une cohérence d'ensemble.

Gavé de mille détails qu'il assimilait et structurait dans son esprit, il n'en dormit pas cette nuit-là…

Le lendemain allait de nouveau être riche, avec le récit de la page d'Histoire la plus dramatique de l'humanité.

Noémie n'avait fait qu'aborder, très légèrement jusqu'à cet instant, cet événement qui avait bouleversé la destinée de l'humanité.

La troisième guerre mondiale

Au troisième jour de la causerie, Nathan arriva dans état de surexcitation et d'éveil qui tranchait avec son manque de sommeil. Cet état n'était en rien d'exceptionnel, habitué qu'il était à réguler son métabolisme pour encaisser les voyages spatiaux, avec leur lot de surpression, de manque d'atmosphère, d'exposition aux radiations et d'écarts de température.

Noémie, de son côté, semblait rajeunir. Fouiller ainsi dans sa mémoire qui restait intacte, retrouver des anecdotes et des détails, lui procurait un bien-être qu'elle n'avait pas connue depuis longtemps. Sa centrale de suivi de santé implantée dans son corps corroborait par ses nombreux indicateurs cet état de forme inattendu.

Décidément, ce jeune homme lui plaisait beaucoup. Certes, c'est elle qui parlait le plus clair du temps, et les entrevues se cantonnaient surtout au monologue, mais l'attitude d'écoute active de Nathan était parfaite. Il comprenait, acquiesçait, interrogeait parfois, toujours judicieusement et avec discernement. La posture du corps, les yeux, le sourire formaient également un encouragement implicite à se confier plus intimement, sans crainte du jugement. Qu'il était bon de s'exprimer librement ! Pendant ces heures de tête-à-tête, Buddy, de son côté, donnait le change à son insu, occupé par la mise à jour de ses organes à entretenir un semblant de relation avec sa maitresse. Noémie doutait que ce subterfuge puisse faire illusion très longtemps. Elle avait déclaré simplement à l'Omega effectuer une remise à hauteur des principales fonctions de son robot, prétextant son grand âge pour s'y prendre en plusieurs jours. Si le sujet était réel, il était seulement joué en différé, ce qui lui permettait de s'octroyer un temps pour elle, en catimini.

Bien installés dans les petits fauteuils devenus familiers, Noémie s'attaqua à un morceau de bravoure en exposant les ressorts d'un conflit qui avait mis en présence des nations rayées depuis de la carte et des mémoires. Elle avait préparé ce moment comme un véritable exposé, relisant les notes qu'elle avait prises cinquante ans plus tôt, quand elle avait cherché à l'époque à comprendre l'engrenage sans retour vers l'apocalypse. Rationnelle et cartésienne, elle mettait un point d'honneur à être précise pour éclairer et instruire parfaitement son jeune élève. Nathan était tout ouïe…

Le XXIème siècle avait vu s'affronter les puissances dominantes du siècle précédent, Etats-Unis et bloc soviétique en particulier, auxquels s'étaient adjointes les nations émergentes formées de la Chine, de l'Inde, de l'Iran, du Pakistan et de l'Arabie saoudite. Chacun luttait soit pour prendre le pouvoir, soit pour le conserver. Les idéologies et les motivations étaient diverses, mais toujours très prégnantes et de plus en plus totalitaires. Elles s'exprimaient sous le couvert de besoin d'espace vital, de reconnaissance de suprématie, de regroupement de communautés ethniques, de prééminence de religions conquérantes, comme l'islam avec sa guerre sainte, le djihad. Ces prétentions revendiquaient le postulat sacré de la reconstitution d'empires du temps passé, à la légitimité plus ou moins fantasmée.

L'escalade aux armements puissants, destructeurs et létaux s'était emballée. Nourris par un climat de peur, de suspicion, de protection, de volonté de développement d'influence et de territoires, les peuples de toutes les nations avaient en quelques dizaines d'années accumulé de quoi faire sauter mille fois la planète !

L'irréparable se produisit de manière idiote, à la suite d'une bravade de trop entre deux puissances à bout de ressources traditionnelles et ne voulant pas céder un pouce de terrain à l'adversaire.

Un jeu de poker menteur s'était instauré depuis des décennies, à grands renforts de provocations et de déclarations tonitruantes, chacun des deux belligérants menaçant de lancer sur l'autre le feu nucléaire. Par le jeu des alliances entre pays, la moitié de l'humanité avait pris fait et cause pour l'un des camps et contre l'autre. L'enjeu final représentait le gain dérisoire de devenir le maître du monde, par la force aveugle des armes et non par l'universalité de l'esprit. Quand l'intelligence et le respect des différences pour bâtir une société prospère et apaisée échappent aux tyrans, qui sont dépourvus par essence de ces qualités humaines, il ne reste que la force la plus brutale pour faire entendre sa propre vérité et l'imposer au reste du monde.

La course ininterrompue aux armements procédait de cette logique guerrière. Au glaive de l'agresseur potentiel répondait le bouclier du défenseur qui poussait son avantage à confectionner à son tour un glaive plus performant. Un cercle vicieux fatal dans lequel la sagesse n'avait pas sa place, au-delà d'intentions diplomatiques de façade auxquelles plus personne ne croyait…

Cette dissuasion molle avait ses limites, d'ailleurs dépassées depuis longtemps. L'accumulation de forces destructrices n'avait servi qu'à une surenchère mortifère. *Si vis pacem, para bellum…* Etrange oxymore pourtant vieux comme le monde et bien dangereux que de préparer la guerre pour sauvegarder la paix.

Avec l'avènement de moyens toujours plus sophistiqués, la complexité des systèmes de défense et d'agression s'était progressivement affranchie de la seule logique humaine. Les ordinateurs avaient depuis longtemps pris le relais pour analyser toutes les menaces, déployer les contre-mesures, organiser la riposte selon diverses gradations imaginées dans des scénarios les plus fous, au-delà même des probabilités les plus réalistes. Le champ de bataille avait été déserté de la présence humaine dans de nombreux secteurs, remplacée par les satellites, les drones, les robots, les aéronefs télécommandés et les missiles.

Dans cette atmosphère électrisée et hypersensible entre la Chine et les Etats-Unis, luttant pour le leadership mondial, chaque camp se préparait au pire, guettant le moindre mouvement, la moindre déclaration de l'adversaire.

C'est de la machine qu'est venu le désastre à l'été 2080 et c'est elle qui l'a amplifié, par un dramatique effet de dominos impossible à arrêter.

Alors en alerte maximum à la suite d'incursions répétées d'objets menaçants sur leur territoire, les deux blocs en présence avaient, une à une, désarmé les sécurités pour permettre une riposte immédiate en cas d'attaque avérée. Ce scénario du pire n'avait pas d'autre but que d'infliger la même agression, voire une réponse plus puissante que celle subie. Une loi du talion impitoyable destinée à ne faire aucun vainqueur. La notion même de champ de bataille était vide de sens. Les cibles des ogives nucléaires étaient les principales villes des pays en conflit. Leur trajectoire balistique, traversant les hautes couches de l'atmosphère, interdisait toute interception efficace.

Technologie, intelligence artificielle, renseignement précis à partir de données issues des satellites avaient pris le pas sur la réflexion et le discernement humain. Chacun espionnait chacun. Le moindre événement était analysé, cartographié, soupesé dans une échelle de menaces, qui débouchait sur des synopsis d'alerte et de représailles. Dans les deux camps, le niveau technologique était à peu près équivalent, à grands renforts d'investissements humains et matériels. Chacun se tenait par la barbichette, dans un statu quo fragile mais résistant aux épreuves et aux provocations depuis plusieurs dizaines d'années.

La conquête de l'espace avait entériné le rang du géant chinois dans la cour des grands, composée de la Russie et des Etats-Unis, vite rejoints par les Indiens qui se partageaient la possession de la Lune en vue d'une installation future. L'Europe était restée à la traine, empêtrée dans des querelles interminables, incapable de trouver le moindre consensus parmi ses 35 membres aux intérêts divergents sur la plupart des dossiers, qu'ils soient politiques, économiques ou sociétaux.

Les USA, qui avaient assuré leur suprématie pendant deux siècles, avaient perdu leur aura et leur influence et n'endossaient plus le rôle de gendarme du monde. Replié sur des valeurs nationalistes mise en exergue par le fameux « America first », le continent nord-américain avait tourné le dos à son statut d'intervenant militaire et diplomatique, flattant une frange populiste devenue majoritaire, dans une société individualiste qui ne comprenait plus rien au sens public.

Cette dérive identitaire s'était propagée comme la peste dans toutes les démocraties de la planète, laissant le champ libre à des pouvoirs autocratiques et dictatoriaux qui assuraient à leurs ressortissants un « prêt à penser » lénifiant et faussement protecteur.

Chaque individu s'était peu à peu recroquevillé sur son nombril, n'écoutant que son intérêt immédiat, reléguant la notion d'altruisme à un concept du passé. La raison avait volé en éclats dans les sphères d'un pouvoir confronté de plus en plus souvent à des manifestations violentes qui attentaient aux biens publics et aux personnes. A l'instar de la nation qui renforçait à la fois sa protection et sa capacité de nuisance contre un ennemi extérieur, le quidam n'était plus un citoyen éclairé mais une brute armée qui pouvait détenir à lui seul un arsenal personnel impressionnant. Face à cette vague de fond, une valse de dirigeants démagogiques avait provoqué une fuite en avant dans la veulerie et un recours de plus en plus important aux ordinateurs pour juguler les vents mauvais qui parcouraient la planète.

Le peuple demandait avant tout de la sécurité et la satisfaction de ses besoins vitaux, en fermant les frontières aux étrangers indésirables et en protégeant le territoire. En échange, il avait accepté, sans bien en comprendre les ressorts, un fort recul de ses droits civiques, détruisant par la loi une pratique démocratique qui s'était effilochée insidieusement. Avec le temps, les gens ne votaient plus. Le citoyen était devenu un consommateur.

Près d'un siècle après l'annonce du projet IDS, appelé « guerre des étoiles », initié par Ronald Reagan, le 40ème

président des Etats-Unis, le programme de défense antimissile destiné à la protection des États-Unis contre une frappe nucléaire stratégique, vit enfin le jour au milieu des années 2070. Il entérinait la volonté politique de dépasser la doctrine d'équilibre de la terreur qui prévalait jusqu'alors, en développant un programme ambitieux de bouclier spatial pour protéger les États-Unis, permettant d'anéantir par laser ou par explosif tout missile balistique volant dans la haute atmosphère.

Pour ce faire, des nombreux satellites furent déployés en orbite, couvrant l'ensemble de la planète. Le plus imposant, « Terminator », était aussi le plus puissant jamais construit, chargé de milliers de petites bombes autonomes à fusion nucléaire pouvant être téléguidées sur autant d'engins spatiaux en orbite, depuis le centre de contrôle américain.

Une surchauffe accidentelle du cœur de ce satellite, au niveau de son ogive principale, fut le premier épisode de la catastrophe. En explosant, il émit une impulsion électromagnétique nucléaire suffisamment puissante pour libérer les petites bombes embarquées et activer leurs microcircuits.

L'explosion des petites bombelettes opérant sur l'orbite géostationnaire, à 36.000 kilomètres d'altitude, fut visible depuis la Terre. Elle propagea une onde de choc et des débris dans le vide sidéral, venant impacter la plus grande partie des 3.000 satellites en orbite, générant à leur tour des débris dans une chaine exponentielle, causant des dommages irréversibles aux systèmes de communication, de GPS, de météo et bien sûr d'applications civiles et militaires, les désactivant et les rendant aveugles. En raison de contraintes de poids, ceux-ci n'étaient pas blindés et se trouvaient très vulnérables face à la moindre agression d'un objet physique ou de champs magnétiques puissants.

L'événement fit grand bruit sur la Terre. Une grande fébrilité avait immédiatement envahi les nations, qui ressentaient soudainement une fragilité accrue, sans leurs yeux et leurs oreilles de l'espace. Personne ne croyait à la thèse de l'accident, accusant les Etats-Unis d'agression déloyale, alors que l'accusé était lui-même le premier à se trouver amputé de ces services fondamentaux.

Seuls quelques satellites d'ancienne génération, plus résilients aux agressions, continuaient de fonctionner en mode dégradé. Dès le constat de dysfonctionnement des installations, les programmes nucléaires de tous les pays avaient immédiatement reporté leurs coordonnées sur ces rares systèmes rescapés. Ce plan B, bien qu'envisagé, n'avait jamais été mis en œuvre jusque-là.

C'est au cours de cette relative cécité, dans un état d'alerte exacerbé, que la Chine, trois jours plus tard, crut à bon droit en une attaque massive des Etats Unis, interprétant des signaux non confirmés comme une agression caractérisée. Le recoupage de sources comme cela était le cas autrefois ne pouvait avoir lieu dans le contexte dégradé de la trop faible couverture satellitaire.

Il fallait réagir avant qu'il ne soit trop tard pour riposter. La base de lancement de Wenchang, dans le désert de Gobi, répondit par le terrible scénario conçu en pareil cas. Il activa à la fois des vecteurs anti-missiles d'interception et des missiles nucléaires stratégiques depuis ses silos enterrés, en direction des huit plus grandes villes des Etats-Unis, sur les côtes est et ouest.

Cette abondante activité dans la stratosphère terrestre engagea *sine die* le départ des hostilités à l'échelle de la planète. Tous les systèmes des grandes puissances avaient été programmés pour réagir à la seconde à ce genre de situation tragique. Sans attendre une décision humaine, le feu nucléaire se mit à frapper de toutes parts.

Un équivalent de trois millions de mégatonnes de TNT, symbolisant toute la folie suprême de l'accumulation de bombes, composait un insensé et démoniaque arsenal atomique accumulé par les nations. Il allait être engagé tout entier dans cette suicidaire déflagration en chaine, les rares bombes non activées restant inaccessibles dans leurs silos jusqu'à la fin des temps.

Par comparaison, la bombe H larguée sur Hiroshima en 1945, appelée avec un humour douteux « Little Boy », ne titrait que 15 kilotonnes, soit une puissance deux cents millions de fois plus faible que le fantastique tsunami de bruit et de fureur qui déferla dans le ciel de l'épouvante.

Le monde sombra dans l'apocalypse. Outre le déluge de feu, avec une température de 5000 degrés ne laissant rien de vivant aux alentours, les bombes avaient libéré une énergie colossale. Un effet de blast, ou onde de choc, se déplaçant à 350 mètres par seconde, avait décimé la plus grande partie de la population exposée et de la vie animale. Enfin la contamination radioactive avait pollué l'air, les sols, les rivières pour des centaines d'années.

La fulgurance de cette déflagration et son imprévisibilité furent des facteurs aggravants. Peu de personnes avaient eu la chance de se mettre à l'abri de leurs bunkers antiatomiques, pourtant construits à foison durant les décennies précédentes. La plupart des victimes étaient mortes durant la première demi-heure, brûlées, asphyxiées, poumons explosés par l'effet direct des explosions nucléaires. Pour les rares survivants, le supplice était plus cruel encore. Les retombées radioactives avaient corrompu toute manifestation du vivant à des milliers de kilomètres à la ronde.

Vivants, ou survivants, mais pour combien de temps ? Et pour aller où ?

A l'extérieur, ce n'était que désolation. Des incendies colossaux et incontrôlables avaient été générés et avaient envoyé dans l'atmosphère des millions de tonnes de suie. Le ciel était assombri par les cendres. Les rayons du soleil ne passaient plus, abaissant la température de plusieurs degrés.

Un grand silence avait peu à peu remplacé le fracas. Les oiseaux ne chantaient plus, les animaux tout comme les humains gisaient au sol, pour ceux qui n'avaient pas été calcinés par l'embrasement des bombes. La végétation portait elle aussi les stigmates de l'invraisemblable massacre. L'air irradié, chargé de miasmes invisibles destructeurs de vie, enveloppait l'atmosphère crépusculaire d'un linceul funeste, éclairé un peu partout d'incendies de forêts et, près des cités détruites ou privées de vie, des flammes des raffineries, des pipelines, des dépôts de combustibles.

En plus de la radioactivité et des dégâts des explosions, l'humanité ou ce qu'il en restait entrait dans un long hiver atomique. L'autre effet de cette chappe de suie dans l'atmosphère était la disparition de la photosynthèse, essentielle à toute forme de vie, les plantes et les animaux en dépendant directement. Seul ce processus biologique était capable de capter l'énergie provenant de la lumière solaire pour la convertir en composés chimiques, qui représentaient la nourriture de base que chaque organisme utilisait pour son métabolisme.

Les champignons et les algues étaient les moins touchés par les conséquences de l'explosion nucléaire, l'algue pouvant pousser avec une lumière très faible et croitre très rapidement. Mais cela ne concernait plus l'hémisphère nord de la planète. Au sud, les humains ne pouvaient assister au massacre qui se déroulait aux antipodes. Toute communication avait été détruite et il était impossible de comprendre l'étendue et la violence du phénomène.

Les pays du sud ne représentant pas de menaces pour les belligérants, aucune des ogives nucléaires n'avaient été pointées sur Buenos Aires, Le Cap ou Sydney. Cet isolement sauva la race humaine. En quelques heures, plus de 80 % de la population mondiale avait été rayé de la carte. Il ne restait plus qu'un million d'êtres humains répartis sur les trois continents encore habitables.

Noémie termina difficilement sa narration, visiblement affectée par le souvenir de ces événements douloureux. Nathan en était ému aux larmes. Jamais il n'avait su précisément ce qui avait provoqué la destruction de plus de la moitié de la Terre. Il comprenait pourquoi les autorités se montraient peu disertes pour évoquer ce traumatisme. L'Omega préférait passer sur l'événement dont les détails n'auraient pas servi à une population choquée et abasourdie, affolée par le cataclysme et incapable de faire face intellectuellement et émotionnellement. Elle n'était plus gérable selon les méthodes traditionnelles de management des humains. La folie des hommes avait conduit à leur destruction. Il fallait préserver ce qui pouvait l'être.

Si Georges Clémenceau avait prononcé la phrase célèbre : « *la guerre est une chose trop grave pour être confiée à des militaires* », il fut décidé que la vie était également trop grave pour être confiée aux seuls humains. A l'aide de scientifiques éclairés et d'humanistes dont Noémie faisait partie, la plus grande partie des décisions et de la bonne marche du monde - ou de ce qu'il en restait - fut confiée aux ordinateurs, sonnant l'avènement de la robocratie…

Avènement de la robocratie

Jour après jour, l'enseignement de Nathan se complétait. Bien que surpris par la violence de l'évocation, il ne trouvait rien à redire sur l'évocation crue et sans ambages de la chronologie des événements, ni sur l'appréciation toute personnelle et impertinente de la vieille dame qui bravait les interdits de la censure avec une liberté sans limites.

Noémie avait conscience que cet héritage d'informations, jusque-là mises à l'index par l'Organisation, faisait de son descendant un receleur de données potentiellement subversives. La structuration mentale du jeune homme ne présentait aucune menace de ce côté-là. Bien au contraire, la connaissance qu'il assimilait avec intérêt et passion, lui prodiguait une dimension humaniste supplémentaire.

La discussion du quatrième jour, dans le petit réduit, commença par des demandes de précisions sur la grande guerre et ses conséquences. Nathan cherchait à comprendre en détail l'enchainement des faits, que Noémie présentait comme inéluctable.

Cela heurtait son propre angélisme de croire viscéralement à la bonté des hommes. Les notions ambivalentes de bien et de mal, véhiculées par les religions qui avaient manipulé les hommes du temps d'avant, lui étaient totalement étrangères. Noémie étancha sa soif de savoir, avec la satisfaction qu'a tout professeur face à un élève aussi doué qu'intéressé.

Constatant que Nathan était repu des compléments portés à sa connaissance, elle reprit ensuite le fil de son récit pour retracer la formidable épopée des robots. Noémie entra une nouvelle fois dans le souci du détail historique et de l'évolution des techniques et des mœurs jusqu'aux constats de la vie contemporaine. Elle s'aperçut que son protégé ne connaissait rien de la fantastique évolution de la machine, capable de seconder puis de supplanter l'être humain.

Depuis qu'un grand ordonnateur organisait la vie de chacun, tout semblait plus simple et plus sûr, mais il n'en avait pas toujours été ainsi. Les nouveaux paradigmes d'une société apaisée et docile s'étaient imposés grâce à l'avènement des ordinateurs, puis des robots.

Sans remonter à Blaise Pascal, inventeur des probabilités et de la première machine mentale, elle entreprit d'éclairer son élève sur les origines de la révolution technologique à partir de l'épopée particulière de la puce électronique, en reprenant son éternel ton professoral doublé d'un réel talent de conteuse.

Depuis l'invention du premier ordinateur à la fin de la seconde guerre mondiale et surtout l'émergence du réseau de communication Internet, vingt-cinq ans plus tard, les humains étaient devenus de plus en plus dépendants de la machine. Que ce soit pour écrire, calculer, classer, communiquer, le concours de ces cerveaux électroniques avaient constitué un progrès indéniable ouvrant la voie à des avancées majeures dans la connaissance et le confort de vie.

Grâce à l'ordinateur et aux apports de la révolution industrielle, l'homme s'était détaché de sa condition d'animal évolué, reléguant les tâches pénibles aux machines, puis leur laissant de plus en plus le contrôle, sous couvert de programmes informatiques préétablis.

Cette facilité supprimait la fatigue physique. Les tâches nécessitant des efforts importants étaient réalisées soit par un robot, soit soulagées par un gilet exosquelette démultipliant les gestes précis d'un humain sans l'épuiser. Le corolaire avait logiquement été une tendance à la moindre pénibilité, avec une obésité mondiale galopante, par manque d'exercices et des déplacements toujours plus assistés. A cette substitution du travail musculaire, en encourageant une forme de paresse sous couvert de progrès, était venue s'ajouter une formidable récession intellectuelle. L'apprentissage des savoirs, qui demandait de tous temps des recherches, des réflexions, des confrontations et la construction d'un avis personnel, s'était dilué dans un prêt-à-penser dispensé par une profusion d'écrans en tous genres.

Tout avait bougé très vite. Le téléphone avait considérablement transformé les relations humaines. Abolissant les distances entre deux êtres par la voix, puis avec la transmission instantanée de messages écrits et la vidéocommunication, ils s'étaient vite imposés comme le principal moyen relationnel. Ainsi, depuis chez soi, chacun pouvait accéder au « village planétaire », publier des informations le concernant, réagir aux témoignages des autres, appartenir à des communautés de milliers d'amis dont le nombre était à lui seul un atout commercial. L'amitié, ce sentiment si humain d'affection et de sympathie réciproque entre les personnes était devenue désincarnée, se propageant en ligne sur les réseaux sociaux. Chacun pouvait rêver sa vie en la transposant dans son avatar, vivant dans un univers de réalité virtuelle plus vrai que nature.

Des personnages étranges, sans qualification particulière, étaient devenus les référents des « digital natives », cette tranche de la population dont faisait partie Noémie, qui avait grandi à la jonction du monde réel et des mondes virtuels. Faussement protégés dans leur bulle numérique, inaptes à la confrontation du concret, les personnes les plus vulnérables avaient neutralisé toute forme de pensée personnelle et de déduction face à un problème ou à un choix. L'autorité des guides spirituels d'autrefois n'était plus admise, une nouvelle forme de sujétion insidieuse l'avait remplacé. Les Dieux modernes, les nouveaux gourous ne se trouvaient plus dans l'intelligentsia, les penseurs, les écrivains, les vedettes de cinéma ou de la chanson mais chez les influenceurs, les youtubers, les champions sportifs. Ces personnages à la fois banaux et insipides à la réussite rapide et phénoménale, dont la fortune s'élevait à des sommes indécentes, représentaient pour une population adepte du prêt-à-penser facile les parangons d'un succès accessible à tous.

Cette assistance exacerbée de tous les instants, loin de libérer l'individu, l'avait complètement assujetti. S'il était plus gratifiant d'être acteur de sa propre vie que consommateur de la vie des autres, l'égocentrisme et la mésestime de soi avaient produit un cocktail favorable à une manipulation de masse librement consentie.

Panem et circenses, du pain et des jeux. Cette citation trouvait, après la chute de l'empire romain dont elle était issue, une nouvelle jeunesse auprès d'une population moderne qui se laissait aller sur la pente la plus douce, se contentant de se nourrir et de se divertir sans se soucier d'enjeux plus exigeants, ni du destin collectif. Le pouvoir exploitait sans vergogne cette tendance par la promotion de programmes court-termismes, flattant un besoin exacerbé de satisfaction immédiate.

L'ordinateur avait gagné du terrain, emportant des batailles décisives qui avaient marqué les esprits et autorisé des avancées plus ambitieuses encore. Dès la fin du XXème siècle, le supercalculateur Deep Blue avait créé l'émoi en battant le champion du monde d'échecs Garry Kasparov. Vingt ans plus tard, un autre calculateur appelé AlphaGo avait franchi un cran supplémentaire en terrassant le champion de go sud-coréen Lee Sedol, dans le jeu de stratégie considéré comme le plus complexe du monde et hors de portée de la machine. Au cours de la rencontre, l'ordinateur avait fait preuve d'une créativité inattendue qui avait surpris les meilleurs professionnels. Il fut gratifié du titre honorifique de 9ème dan - le plus haut grade existant - en reconnaissance du niveau d'excellence atteint. Il ne procédait pourtant que de l'intelligence artificielle générale, sur la base de l'apprentissage de milliards de données de jeu cumulées et accessibles dans un temps infime. Tout s'accéléra ensuite de manière exponentielle vers le grand public. Les « Generative Pretrained Transformers » (GPT) devinrent accessibles et populaires pour toutes les solutions de langage. Leur pré-entraînement consistait à prédire, depuis une partie d'un texte, la séquence de caractères qui suivait, avec une justesse remarquable.

Puis vint l'avènement de l'intelligence artificielle forte ou générative, capable de comportements intelligents, de modéliser des idées abstraites, mais aussi d'éprouver une réelle conscience et une compréhension de ses propres raisonnements, par un auto-apprentissage la libérant progressivement de la tutelle humaine.

Les philosophes et les avis éclairés avaient très tôt tiré la sonnette d'alarme [12] : *"Le développement d'une intelligence artificielle complète pourrait signifier la fin de la race humaine."*

---

[12] *Prédiction de Stephen Hawking (1942 -2018), physicien, théoricien et cosmologiste britannique*

A ce stade, Noémie entra dans une démonstration spécialisée et philosophique assez ardue, que Nathan put suivre aisément, habitué désormais à la faconde et au souci du détail de sa conteuse. Selon le principe étayé par les neurosciences, dont elle était devenue une des spécialistes mondiales, il était convenu que la conscience n'était pas impalpable et éthérée, mais possédait un support biologique, une assise matérielle.

Les informations, issues de perceptions sensorielles, sélectionnées pour être diffusées dans de nombreuses régions cérébrales connectées entre elles, convergeaient vers le cortex préfrontal, faisant émerger un état de conscience. Une fois acquise la conscience d'avoir vu ou entendu, il était possible de réaliser des opérations mentales très diverses qui dopaient l'activité cérébrale. La conscience pouvait donc se définir par la capacité d'un système (organique en ce qui concerne le cerveau) à percevoir un grand nombre simultané d'informations.

Forts de cette connaissance intime du cerveau humain et de son fonctionnement ramené à des interactions de neurones, les scientifiques n'avaient pas vu d'obstacle à la création d'une intelligence consciente sur un support matériel autre que biologique, franchissant une étape supplémentaire. La machine, déjà dotée d'une mémoire infinie, s'était mise progressivement à penser par elle-même et à s'auto corriger rapidement.

De leur côté, les humains avaient de tous temps reproduit leurs erreurs, oubliant les leçons de leur propre histoire. Ils avaient, comme ils le disaient eux-mêmes, la mémoire courte. Les ordinateurs étaient tout l'inverse. Ils avaient accumulé, structuré, classé et assimilé les enseignements, les expériences et pouvaient les restituer en une fraction de seconde, traitant ces données dans une prise de décisions mesurée et parfaitement adaptée à la question posée.

Assistants fiables et pondérés, ils devinrent vite indispensables pour gérer le quotidien. Les décisions stratégiques restaient le pré carré d'une équipe dirigeante, qui se gardait bien de suivre les préconisations que la machine ne pouvait cependant s'empêcher de recommander, au nom d'une liberté suprême, d'essence ontologique, qui perpétuait l'illusion de leur suprématie. Ce qui restait dans le domaine humain, loin d'incarner l'indispensable sagesse, avait été le véritable talon d'Achille de l'humanité.

Jamais la citation « l'homme est un loup pour l'homme » n'avait eu plus de sens que lors de cet holocauste où l'être humain avait réveillé le Léviathan [13]. Quand, au lendemain de la terrible guerre, il fallut tout reconstruire, les vrais sages encore en vie surent enfin tirer les enseignements du passé.

Noémie fut approchée pour faire partie d'un collectif de cinq cents scientifiques. Leur première proclamation fut l'instauration d'un ordre mondial unifié. La notion d'état souverain disparaissait au profit d'une entité unique

---

[13] *Le Léviathan est un monstre marin cité dans la Bible, considéré comme l'évocation d'un cataclysme terrifiant capable de modifier la planète, d'en bousculer l'ordre et la géographie et d'anéantir le monde*

regroupant les survivants de tous les pays. Ce collège d'experts fut composé de sommités dans les domaines des sciences humaines, de la médecine, de la biologie, de la chimie, des mathématiques. Seuls les anciens « Maitres » du monde, les politiques, les militaires, les économistes et les juristes avaient été exclus de ce cénacle planétaire. Ils avaient fait trop de mal.

La mémoire de l'humanité était depuis longtemps enregistrée dans d'énormes data center. Elle offrait un corpus surabondant de données, matière première créatrice du nouvel ordre mondial, qui préfigurait l'Omega.

Le constat était amer pour ces humanistes réunis après cette terrible apocalypse. Les dirigeants détraqués des pays de l'hémisphère nord avaient précipité avec eux la chute et la mort de leur peuple et de leur modèle de civilisation. La population survivante, abrutie depuis plusieurs générations par la paresse, par un confort lénifiant et par une absence d'esprit critique, n'était plus une base fiable et solide pour reconstruire quoi que ce soit.

« Un peuple prêt à sacrifier un peu de liberté pour un peu de sécurité ne mérite ni l'une ni l'autre, et finit par perdre les deux". [14]

L'humain avait couru à sa perte. Lentement tout d'abord avec la révolution industrielle, impactant par ses seules

---

[14] *Citation attribuée à Benjamin Franklin (1706-1790), scientifique et homme politique, fondateur des Etats Unis*

activités les équilibres précaires de la planète, puis en accélérant un changement climatique qui avait produit un grand nombre de catastrophes naturelles et une réduction drastique de la biodiversité. Enfin, plus radicalement du fait de la prolifération nucléaire, avec l'amoncellement sans limites de satellites, de bombes et de missiles.

Les sages ne virent pas d'autre choix que de s'en remettre aux machines, pour tous les domaines où des règles de bon sens, acceptables par tous, permettait de réguler une telle communauté meurtrie et largement lobotomisée. La versatilité des peuples à se choisir des dirigeants, dans le besoin d'assouvir leurs exigences immédiates et irréalistes avait, depuis des dizaines d'années, fait le jeu de tous les populismes sur la planète, sapant les fondements de la démocratie. Ce « pouvoir du peuple par le peuple » était devenu une vaste mascarade à laquelle personne ne croyait plus. Ce désintérêt ouvrait la voie aux combinaisons les plus douteuses que l'esprit humain pouvait imaginer pour prendre et garder le pouvoir, fidèle aux avisés préceptes de Nicolas Machiavel : « *celui qui contrôle la peur des gens devient maître de leurs âmes* ».

Dans les années 2020, une curiosité politique avait amusé et inquiété les électeurs aux Etats Unis. Parmi les six candidats d'un état, un certain Vic, nouveau venu, promettait efficacité, innovation et transparence. Ce Vic n'était autre qu'une intelligence artificielle. Derrière se trouvait le « vrai » candidat [15], qui croyait en la

---

[15] *Victor Miller, candidat sous son avatar Vic à la mairie de Cheyenne dans le Wyoming en 2024*

technologie capable selon lui de satisfaire les citoyens plus qu'un maire humain, en affirmant, à propos des électeurs : « *C'est quelque chose qui va leur permettre de sortir du bourbier dans lequel ils sont, quelque chose capable de les rendre plus heureux que l'intelligence humaine peut le faire* ».

La candidature fut rejetée mais le ver était dans le fruit. Quelques années plus tard, les assistants les plus efficaces des édiles étaient de petits boitiers connectés en permanence à des « cloud » de big datas, appelés également métadonnées, leur assurant une encyclopédie instantanée et une aide précieuse et pertinente pour la rédaction de notes, pensums et discours, selon le profil psychologique de son utilisateur et la finalité du propos. La machine devenait ainsi le double de l'humain, « pensant » comme lui et infiniment plus compétente que les cohortes de secrétaires particuliers et de collaborateurs zélés.

Les progrès de l'intelligence artificielle avaient fait le reste. Présents au point de devenir indispensables, illimités dans leur auto-apprentissage, les robots étaient devenus des citoyens à part entière, traités avec plus d'égards et de moyens financiers que la plupart des humains aveuglés par leur quête de confort, de sécurité, de plaisirs et de moindre effort.

Il fallut deux ans au collectif de scientifiques dont faisait partie Noémie pour établir le nouvel ordre mondial, en s'appuyant très largement sur les robots dans tous les domaines. Le dernier verrou, celui de l'éthique, avait sauté avec la destruction massive de la population. Il n'y aurait pas de deuxième chance.

Le peuple ne fut pas consulté. Il fut simplement informé que la destinée de l'humanité avait été confiée à des machines ayant intégré tout le génie humain, afin de prendre des décisions équitables et justes, sur la base de concepts universels, ce qui se voulait rassurant.

Pour emporter l'adhésion pourtant acquise d'avance, les données servant à la prise de décision et à l'application de la loi tenaient compte de multiples facteurs inhérents à chaque individu. La localisation, l'âge, le statut social, la situation familiale, le niveau intellectuel, la forme physique, les éventuels antécédents délictueux entraient en compte pour délivrer une aide, une injonction ou une sentence.

Dans ce contexte personnalisé, la toute-puissance de la machine n'était pas à remettre en cause par le *vulgum pecus*. Toute résolution issue du processus de décision des cerveaux de silicium était irrévocable et toute contestation impossible. Fini le temps des interminables et coûteux recours d'appels en cassations et autres arguties pénales. Le dispositif était d'autant plus efficace que chacun était « pucé » par un microprocesseur intégré sous son épiderme, de sorte que la géolocalisation combinée aux réseaux de caméras de surveillance garantissait une parfaite qualification de tous ses faits et gestes. Ce dispositif, conçu pour ne pas être contourné, était suffisamment robuste pour ne pas être mis en défaut. Si, malgré cette supervision permanente, un délit survenait, la sanction ne tardait pas, proportionnée à l'outrage commis, le plus souvent en coupant immédiatement les subsides. Compte-tenu de la dépendance de chacun à l'Omega, cela n'arrivait jamais.

Ce système présenté comme vertueux recelait cependant des passe-droits accordés à une poignée d'individus faisant partie d'une élite, sous couvert d'une moralité sans faille. Le comité des sages avait fort judicieusement intégré dans le nouveau système quelques portes de sortie. Quelques personnages triés sur le volet, capables de discernement et empreints de l'intérêt supérieur de la société, pouvaient prendre en main directement la machine sur de nombreuses fonctions vitales.

Ces superadministrateurs ne relevaient pas en principe d'une forme directe de népotisme, par transmission d'une génération à l'autre au sein d'une même famille. Seules les dispositions de chacun, l'intelligence, le mérite, une vision élargie et humaniste constituaient en principe les clés d'accès à cette corporation triée sur le volet. Cependant, la sélection des élus se pratiquait au sein d'un groupe restreint de personnes éduquées selon une forme de mandarinat qui se perpétuait dès la naissance. Chaque enfant était prédéterminé pour assurer une fonction utile à tous. Les dés étaient pipés d'avance. Noémie, la première de sa lignée à être admise dans ce cercle restreint, avait su faire profiter sa descendance de son statut de membre émérite, ce qui avait produit Nathan, cet arrière-arrière-petit-fils qui était venu honorer son anniversaire et qu'elle reconnaissait comme l'héritier le plus doué de sa lignée.

Malgré la supervision humaine, les robots s'étaient largement émancipés. Dotés d'un pouvoir d'analyse largement supérieur, on leur avait appris toutes les conduites à tenir en face de chaque situation donnée. Leur « cerveau » étant la reproduction aboutie de celui des hommes et des femmes, ils pouvaient réagir avec des actions conférant l'illusion d'un raisonnement humain, avec l'expression de ressentis, d'émotion, d'empathie et des décisions mesurées, méthodiques et rationnelles.

Cet anthropomorphisme avait été poussé au paroxysme en attribuant à ces automates une apparence d'hommes et de femmes idéaux. Les robots des premières générations, à la démarche mécanique et à l'expression figée avaient laissé place à des spécimens genrés se mouvant avec fluidité, avec des gestes identiques à leurs maîtres, simulant des expressions de visage et des mouvements de lèvres synchronisés aux paroles débitées suavement avec des nuances agréables à l'oreille.

Buddy procédait de cette dernière évolution de robots. Il était de type caucasien, avec des yeux bleus, des cheveux courts et châtain clair, le visage imberbe d'une éternelle jeunesse, une expression de grande bienveillance. Son corps était élancé et bien proportionné. Il se déplaçait avec grâce et souplesse. De taille moyenne, il était le parfait stéréotype du robot domestique dont chacun disposait comme assistant de vie. Noémie en avait choisi les caractéristiques principales avec soin. Certains poussaient l'identification jusqu'à reproduire un clone de leur être et de leur personnalité, allant jusqu'au timbre de la voix.

Ces sophistications n'avaient aucune finalité pratique et avaient coûté très cher à développer. Il n'y avait aucun intérêt à créer un robot se mouvant comme l'humain au moyen de jambes, dans un perpétuel déséquilibre. Son écoute et sa voix n'avaient nul besoin d'oreille ou de bouche. C'était un raffinement suprême que de faire articuler des lèvres factices pour cette seule fonction. Le mécanisme complexe de l'articulation de la main avait été reproduit très fidèlement, alors que la préhension pouvait se satisfaire de pinces ou de parties aimantées. Ces humanoïdes ne connaissaient pas la fatigue, le sommeil, la faim ou la soif. Toujours propres, ils n'avaient nul besoin de se nourrir ou d'évacuer les rejets organiques. Ils tiraient leur énergie d'une petite pile nucléaire leur assurant une autonomie quasi illimitée.

Un caisson à roulettes automoteur doté d'une synthèse vocale et de bras de manipulation eut été parfaitement suffisant pour assister les humains. Mais il était plus rassurant pour l'homme devenu Dieu d'engendrer sa créature selon sa propre image pour en faire l'individu parfait. Cette perfection avait été fantasmée de tous temps, mise en exergue par l'homme de Vitruve [16] au corps parfaitement inscrit dans un cercle dont le centre est le nombril, et un carré dont le centre correspond aux organes génitaux. Certains robots possédaient d'ailleurs le fameux nombril qui n'avait aucune autre justification « nombriliste » que de faire ressembler trait pour trait la créature à son démiurge moderne.

---

[16] *Dessin de l'homme parfait réalisé en 1490 par Léonard de Vinci*

Une dernière catégorie, à mi-chemin entre l'homme et la machine, constituait le monde des cyborgs, organismes cybernétiques issus de l'intégration d'éléments mécaniques et électroniques dans un corps organique. Cette technique était déjà ancienne, avec l'implantation dans le corps de simulateurs cardiaques, de prothèses, d'articulations artificielles, de systèmes d'implantation de médicaments-robots capables de circuler à travers les vaisseaux sanguins pour injecter une dose prédéfinie, d'implants intra-oculaires et de peau artificielle.

Tout s'était accéléré, notamment dans le domaine médical. Les centrales de surveillance individuelles sous-cutanées s'étaient généralisées. Le procédé avait été étendu à toute la population, enfants compris, après le drame nucléaire, pour réguler l'absorption d'iode dans les principaux organes sensibles aux radiations.

Cet apport technologique n'avait rien de répréhensible, au contraire. Il prolongeait la vie en bonne santé, faisant sauter la limite physiologique fixée jusque-là à 120 ans, dont Noémie était l'une des heureuses bénéficiaires.

L'autre face, plus sombre, de l'essor des ordinateurs intelligents, avait été la subordination des hommes à un nouveau Dieu désincarné et tout puissant : l'Omega. Toutes les connaissances ayant été stockées dans d'immenses mémoires, il en résultait une forme de pensée unique représentative des savoirs de l'humanité. Il devenait inutile et vain de faire entendre un autre avis, un autre point de vue qui aurait dévié d'une marche du monde qui se voulait rationnelle et indiscutable.

Les survivants avaient abdiqué toute exigence de faire entendre leur voix et de défendre leur droit d'expression. Choqués et mal préparés à résister à l'holocauste, ils avaient remis leur destin entre les mains de puissances supérieures leur garantissant ordre et sécurité, sans en comprendre les répercussions.

Les combats des siècles passés, pour gagner leur liberté, leur droit de vote, la souveraineté de leur nation et de leur langue, furent remisés dans l'inventaire des pratiques archaïques. Pour gérer une population apeurée et fragile, la fermeté d'un système totalitaire et coercitif s'était imposée comme la seule solution viable.

L'être humain ayant lourdement failli, l'ère des machines était venue. Il était devenu aisé pour des ordinateurs surpuissants de contrôler chaque individu. Grâce aux puces électroniques implantées dans chaque entraille, sous couvert d'une santé garantie, la géolocalisation était désormais immédiate, venant supplanter les premières expériences de reconnaissance faciale, qui n'avaient pas disparu pour autant. La présence des robots domestiques dans chaque foyer augmentait encore la collecte d'informations sur les coutumes sociales de leurs maitres qui étaient en réalité asservis. De plus, l'usage d'écrans intelligents omniprésents et omnipotents dans la vie quotidienne venaient parachever la connaissance intime de chaque personne de la planète. Les rares objecteurs de conscience étaient immédiatement repérés et contraints, par une camisole chimique, de rejoindre au plus vite le rang moutonnier de la grande majorité de la population, copieusement nourrie et abêtie de subsides et d'expédients artificiels destinés à acheter sa docilité.

Peu de caractères comme celui de Noémie coexistaient avec ce renoncement généralisé. Seuls quelques élus dûment éduqués tenaient les rênes de la nouvelle société à reconstruire, autrement. Sur une planète exsangue et dévastée, dont les ressources naturelles étaient devenues rares, le grand projet Proxima occupait tous les esprits, captant tous les moyens intellectuels et financiers.

Pour ce grand dessein foncièrement inégalitaire, les influents et très discrets membres de l'Omega s'étaient dissimulés fort prudemment derrière la toute-puissance incontestée des ordinateurs, qui rendaient tant de services. Ils leur avaient délégué les tâches d'apparence secondaire mais très visibles, qui régissaient la vie de chaque être humain sur la planète, ou ce qu'il en restait.

Finis les régimes politiques d'autrefois, hérités d'un rapport de force entre humains. La royauté, les empires, les républiques, qui sous-tendaient les idéologies diverses voire antagonistes comme la démocratie ou la dictature, se voyaient relégués dans les oubliettes de l'Histoire. Sans que le terme ne soit clairement défini, le monde vivait sous le régime nouveau et irréversible de la robocratie, partant du postulat qu'un ordinateur ne se trompe jamais, avec sa programmation fiable et sans erreur. Possédant assez de données, il savait résoudre tous les problèmes posés.

Avec la création d'une Intelligence artificielle forte, furent entrés dans sa mémoire les principes qui régissent le bonheur des hommes, paix, santé, amour, nourriture, socialisation, connaissance, puis les bases du fonctionnement actuel de notre société, institutions, morale, contraintes, vie politique.

Sous le pouvoir de la robocratie, les lois étaient réduites à des algorithmes sophistiqués. L'Intelligence artificielle se mit à générer des calculs d'une complexité astronomique pour rendre chaque être humain le plus heureux possible, ce qu'aucun politicien n'a jamais réussi à faire. Elle put travailler au cas par cas et non selon des lois générales qui laissent toujours en rade des cas particuliers que l'on ne sait pas traiter. Ne pouvant pas être corrompu par l'argent, la soif du pouvoir ou le sexe, le robot faisait respecter ses décisions sans la moindre compassion. Sa justice était infaillible, dénuée d'empathie. L'erreur humaine n'était plus la variable imprévisible. Les droits devenaient de simples variables dans une vaste équation sociale.

De fait, les délits n'avaient presque plus cours. Une paix durable régnait enfin au cœur des nations. L'humanité continuait son chemin en suivant le vieux principe qui avait conduit les peuples depuis toujours. La multitude s'en remettait à des leaders, choisis ou subis, pour montrer la route à suivre. Les robots avaient supplanté les dirigeants humains et réussissaient là où leurs concepteurs avaient échoué…

L'arbre généalogique

Nathan commençait à accumuler tous les arguments intellectuels pouvant l'amener à mieux comprendre le monde dans lequel il vivait et pour lequel il ne s'était guère interrogé jusqu'alors, par manque d'émulation de son esprit critique dans le domaine des sciences humaines.

Il admirait cette vénérable et formidable femme qui lui transmettait son savoir et l'éclairait sur l'évolution de l'humanité, lui offrant un regard lucide sur le passé et sur la situation présente. Beaucoup plus affranchi sur ce qui concernait l'avenir, Nathan connaissait parfaitement sa place dans l'Organisation et il avait conscience depuis son plus jeune âge d'avoir été programmé pour représenter la pointe de l'espèce humaine.

A chaque retour dans son petit appartement de transit, mis à disposition par l'Organisation aux astronautes revenant de la Lune, il se plongeait avec application dans la lecture du livre de famille offert par Noémie. Il considérait cet ouvrage comme le vestige d'un mode de communication dépassé, à la manière des signes cunéiformes de Mésopotamie gravés dans des tablettes d'argile ou des hiéroglyphes égyptiens dans la pierre. Quasi ignorant dans la lecture d'une langue ancienne qui n'était pas la sienne, il avait très vite assimilé le français, devenue langue interdite, et s'était replongé plusieurs fois dans l'ouvrage de généalogie. Il y avait puisé, dans une mine d'informations historiques sur le besoin des humains de marquer leur lignée, les arcanes de la transmission héréditaire, reconduite de génération en génération. Cela concernait le nom, réminiscence d'une époque révolue où le patronyme était la règle, le nom de la mère se perdant dans les méandres d'un arbre généalogique de prédominance mâle, illustration d'un mode de pensée et de société ne mettant pas en avant le genre féminin. Le prénom avait aussi son importance, car il ancrait la filiation dans une suite multiséculaire d'identification des descendants à leurs ancêtres. Ces traditions s'étaient perdues pour la plupart avec l'avènement du chacun pour soi. Nathan relevait toutefois dans son cas personnel une troublante coïncidence dont il n'avait pas eu connaissance. Le père de Noémie se prénommait Jonathan. Il se plut à penser que son propre prénom, cinq générations plus tard, ne pouvait être le fruit du hasard.

Les métiers de ses ancêtres, issus du travail de la terre aux temps anciens d'une existence sédentaire, étaient marqués par une appartenance sociale difficile à dépasser. Cette prédisposition sociale semblait aller de soi. La prédominance et la persistance des caractères

L'arbre généalogique

étaient plus difficiles à cerner, en l'absence de données fiables inscrites dans les archives d'état civil.

Pour autant, il ressentait des affinités certaines et profondes avec son aïeule. Il désirait en savoir beaucoup plus sur elle, sur sa jeunesse, sur sa vie, sur sa carrière, sur sa descendance jusqu'à sa propre venue au monde. Ce fut le thème de la cinquième rencontre.

Noémie fut surprise de la requête de Nathan, mais se plia de bonne grâce à toutes ses questions. Avec sa mémoire vive, intacte et le sens scientifique et cartésien qui la caractérisait, elle profita de cette incursion dans sa vie personnelle pour dresser au passage le panorama social qu'elle avait fréquenté lors de sa longue traversée de l'existence. Grâce à sa longévité remarquable, Noémie avait vécu en spectatrice et actrice les années charnières de la transformation du monde dans tout son être.

Comme la plupart de ses congénères, elle avait passé une grande partie de sa vie seule. Elle était l'archétype de l'enfant-roi d'une génération que les gens d'alors avaient baptisé génération Alpha, ou enfants du millénaire, dans une tranche de naissance comprise entre les années 2010 et 2025. Succédant à la génération « Z », ces enfants de la technologie annonçaient dans leur dénomination une révolution, une remise à zéro d'un nouveau monde en recommençant un cycle à la première lettre de l'alphabet.

Noémie avait grandi dès sa plus jeune enfance dans l'environnement des écrans. Grand téléviseur dans son salon diffusant largement des dessins animés addictifs dès le réveil, avec son biberon en main, puis rapidement des consoles de jeux et des tablettes venant occuper le moindre instant de répit. Ses parents avaient déjà attrapé depuis longtemps le virus de la fée électronique, flanqués en permanence de leurs smartphones, gérant par procuration, au moyen d'avatars, des mondes virtuels dont il fallait s'occuper sans cesse, participant à des compétitions en ligne sur des jeux de plateforme de portée mondiale, partant à la chasse de personnages fictifs disséminés dans la nature, adeptes de réalité virtuelle et possédant l'attirail indispensable, masques 3D et gants haptiques, pour interagir dans une réalité virtuelle et augmentée.

Noémie faisait partie de ces « digital natives » devenus « adolécrans », vivant dans le métavers, à la jonction du monde réel et des mondes virtuels. Ces jeunes égocentrés, peu ouverts sur la société traditionnelle, nouaient plus d'amitiés sur les réseaux sociaux qu'en relation physique et directe. Ils se regroupaient autour des problèmes de développement durable, d'indistinctions de genres, de races et de sexe, réduisant les individus sous un vocable neutre au nom d'une sacro-sainte inclusivité. Cette génération avait grandi dans le rêve utopique du wokisme, censé remettre à plat et à égalité toutes les composantes de la société, avantageant au passage les minorités ethniques ou sexuelles élevées au rang de victimes, au nom d'une juste réparation après des siècles de colonisation et de domination de certains humains sur d'autres humains.

L'arbre généalogique

Comme toujours, ces débordements exagérés avaient retrouvé le chemin du bon sens lors de la génération suivante, tout comme l'avait été la vague mondiale du « Peace and love », le mouvement hippie prônant une contre-culture en réaction à la guerre du Vietnam et au mode de vie traditionnel.

Noémie avait grandi dans ce contexte mitigé de contestations minoritaires violentes et de renoncements majoritaires apathiques. Bercée dans un milieu sans relief et sans ambition, elle se contenta de puiser sans trop d'efforts dans ses dispositions naturelles pour effectuer un parcours scolaire honorable jusqu'à sa puberté.

Lorsque Noémie eut 13 ans, la planète vivait une ébullition médiatique avec la mise en place de la toute première base humaine sur la Lune. Ce fut un déclic. De surcroît, son passage au statut de femme sonna comme une révélation sur la future conduite de sa vie. Volontaire et farouchement indépendante, elle décida qu'elle s'orienterait vers l'astronomie moderne, en maitrisant les ordinateurs. Dès lors, tous ses efforts se mirent à converger vers ce but exclusif et exigeant. Rompant avec le confortable conformisme de sa famille, elle mena ses études avec une opiniâtreté dont elle ne se dessaisirait plus, passant brillamment les épreuves successives l'amenant dix ans plus tard à l'obtention d'un doctorat en sciences appliquées, lui ouvrant une carrière prometteuse dans le monde de la recherche spatiale.

Arcboutée sur sa réussite professionnelle et sociale, elle s'était autorisé quelques aventures sentimentales sans grande incidence sur le chemin exigeant qu'elle s'était tracée. Elle en avait gardé le souvenir des premiers émois, des premières blessures, des premières trahisons. L'ère de la surconsommation des produits, des loisirs et des émotions avait déstructuré et dénaturé le sens même de l'amour et de l'engagement, semant le trouble dans les certitudes qui avaient cours autrefois. Elle avait connu l'avènement et la légalisation d'une population autrefois interlope et hermaphrodite, les transgenres. Une femme était devenue un homme comme les autres. Elle pouvait d'ailleurs choisir d'être femme, homme ou les deux sans que cela ne dérange la bonne marche de la société.

Noémie avait connu des aventures avec les deux sexes, sans souffrir la pression de fonder un foyer ou la nécessité de procréer. La démographie de la planète, pour les pays les plus industrialisés, avait subi une dégringolade alarmante de sa natalité. Ceux que l'on appelait les pays émergeants allaient attendre une génération supplémentaire pour connaître le même sort.

C'est dans ce contexte de débandade généralisée que les pays organisèrent, de manière coercitive, une politique de planning familial. Selon de nombreux critères plus ou moins abscons, chaque femme devait donner le jour à un, deux ou trois enfants. Il fallut un mélange habile de persuasion et d'incitation pour faire adhérer le peuple à cette extrémité, qui ne fut en réalité jamais complètement acquise.

Eu égard à sa position sociale, à sa situation de femme autonome vivant seule, à sa contribution pour la société,

Noémie ne fut contrainte, à l'âge de trente ans, de n'enfanter qu'un seul descendant.

La petite fille aux boucles blondes et aux yeux bleus de la photo du livre avait ainsi tracé seule son chemin dans la vie, échappant par sa volonté à la destinée fade et banale dévolue à la plupart de ses consœurs.

Le livre sur les genoux, ouvert à la page évoquant Noémie, Nathan passait son regard de la photo à son vis-à-vis avec curiosité, cherchant à déterminer dans le regard enfantin les traces d'une prédestination hors normes. Noémie observait avec attendrissement le comportement du jeune homme, comprenant ses interrogations, partageant ses ressentis, l'encourageant mentalement à confirmer sa perception.

Elle ne pouvait pas dire précisément d'où venait son caractère. Ce livre de généalogie dont elle était le dernier maillon écrit n'offrait pas de réponse à ce type de questionnement. Il n'était qu'un jalon, une borne d'importance dans son histoire familiale, qui venait de trouver une nouvelle vie avec la transmission si magnifiquement acceptée.

Noémie reprit le cours de son histoire avec la naissance de sa fille Lyra, né d'une fécondation in-vitro. En 2054, le procédé était courant et sans aucun risque. Grâce aux progrès de l'ingénierie génétique, elle avait pu satisfaire les diktats du planning familial en ne concédant rien sur l'exigence de donner le jour à un enfant choisi, sélectionné selon les qualités d'un donneur anonyme.

Sa virtuosité à faire parler n'importe quel ordinateur l'avait encouragée à percer le secret médical de la banque de gamètes ayant procédé à l'insémination en éprouvette. Elle avait été rassurée sur le profil choisi et n'avait pas poussé plus loin le contact avec cet étalon occulte destiné à rester inconnu. C'était son secret à elle.

La petite Lyra était née par voie naturelle, sans difficulté particulière. Noémie avait décidé de l'élever seule, secondée d'aides sociales à l'enfance que le planning familial avait mis en place pour l'accompagnement démographique inscrit au plan. Se partageant entre son travail dans son pays natal qui s'appelait encore la France et l'éducation de son enfant, elle était comblée autant qu'on peut l'être.

En trente années depuis sa propre naissance, les choses avaient considérablement changé. La technologie était devenue omniprésente. A la génération "digital natives", pour qui la technologie était une extension naturelle de leur vie, la génération béta était connue sous le nom des "artificials". Si les parents avaient pu connaître et grandir avec les technologies d'intelligence artificielle, ces dernières faisaient désormais partie intégrante de leur vie dès leur plus jeune âge. L'artificiel allait désormais bien au-delà du virtuel et du naturel.

Noémie veilla à inculquer des valeurs humanistes et une formation solide, mais ne put combattre le tsunami de tous les apports des robots en tous genres qui venaient supplanter l'effort physique et la réflexion des êtres humains. Le progrès apportait oisiveté, désengagement, renoncement à l'effort, à la recherche de l'excellence et au dépassement de soi. Noémie fut très déçue du comportement frivole et léger de Lyra, qui ne suivait pas l'exemple pourtant valorisant qu'elle proposait. Elle ne s'expliquait pas la mollesse de caractère de sa fille unique, qui se laissait couler sur la pente la plus douce, ne nourrissant aucune ambition personnelle.

Logiquement, au vu de son profil banal et sans envergure, le planning familial la crédita du devoir d'engendrer trois enfants, qui naquirent le même jour grâce au génie génétique. Attentive à sa descendance, Noémie intervint à l'insu de sa fille pour la sélection d'un géniteur, espérant une combinaison de gènes conforme à ses attentes.

Des triplés, deux garçons et une fille, naquirent en 2076. A cette époque, Noémie, âgée de 55 ans, travaillait déjà depuis dix ans au Chili. Elle imagina prendre un des enfants à sa charge et reconstruire une relation qu'elle avait visiblement ratée. De toute évidence, Lyra n'était pas mesure de faire face.

Tenant compte de la prédominance absolue des femmes dans la transmission de l'espèce, elle imposa plus qu'elle ne proposa d'élever sa petite-fille, laissant les deux garçons à leur mère. Cet arrangement, qui n'en était pas un, convenait aux deux parties.

Depuis la désintégration du foyer traditionnel et l'accession des femmes à toutes les sphères de pouvoir, la famille matrilinéaire était devenue le système de filiation usuel. Cette nouvelle caractérisation trouvait son origine dans le fait même de la position fondamentale de la femme. Etant l'intermédiaire régénérateur de la vie et de la mémoire sociale, elle retrouvait la place qu'elle avait socialement et affectivement perdu dans le système du patriarcat qui s'était imposé sur la planète. Seule la famille juive orthodoxe avait gardé un modèle résiduel de la famille matrilinéaire, l'appartenance au peuple juif étant assurée seulement si la mère est israélite.

La petite, appelée Luna, vint vivre au Chili, se partageant entre Valparaiso et les montagnes du désert d'Atacama, auprès de sa grand-mère. Elle n'avait que quatre ans quand la guerre nucléaire frappa et décima plus des trois-quarts de l'humanité. La chance l'avait placée du bon côté de la planète. Elle faisait partie de ces enfants rescapés sur qui allaient se fonder les espoirs de continuation.

Noémie apprit la mort de sa fille et de ses deux petits-enfants, les frères de Luna, dans le même temps qu'elle découvrait l'horreur qui venait d'anéantir la vie sur plus de la moitié de la Terre. La petite Luna devenait sa seule famille restante. Elle démarrait douloureusement dans une vie dont personne ne savait prédire l'avenir.

Les retombées radioactives, bien que limitées en Amérique du Sud, provoquèrent quelques irritations cutanées ainsi que des altérations d'organes, surtout chez les plus jeunes, alors en pleine phase de croissance. Noémie protégea et traita la petite du mieux qu'elle put, limitant ses sorties, la couvrant de tenues enveloppantes et lui faisant porter un masque. Elle s'imposait pour elle-même des contraintes identiques, dans l'attente d'un avis scientifique incontestable permettant de qualifier complètement la menace et de proposer la mise en œuvre de protections efficaces.

Bon nombre de personnes, par inconscience, bêtise ou résignation, avaient minimisé le danger qui menaçait pourtant leur existence. Le péril était invisible, inodore. Si le mot becquerel était sur toutes les lèvres, peu connaissaient précisément les effets de cette radioactivité sur les tissus humains et sur la toute la vie biologique en général. La plupart des humains ne respectait pas la cohérence et laissait des failles de défense dans la protection. Porter des équipements filtrants ne préservait en rien si on ingurgitait de l'eau ou des aliments contaminés.

Les femmes déjà enceintes lors de l'holocauste furent prises en charge pour effectuer des avortements préventifs. L'irradiation produisait le plus d'effets sur les cellules humaines en mutation, celles qui se divisaient rapidement, comme c'était le cas pour les embryons. Cela concernait également les cellules tumorales, sous la forme d'une radiothérapie « naturelle », mais les effets secondaires étaient plus vicieux que les bienfaits.

Pour la plupart des humains, le rayonnement passait directement à travers la cellule sans causer aucun dommage à l'ADN. Quand celle-ci était endommagée, elle se réparait spontanément dans la plus grande partie des cas. Parfois, le rayonnement ionisant pouvait endommager gravement l'ADN au point de détruire la cellule, ce qui n'était pas préoccupant, puisque des millions de nos cellules étaient détruites naturellement chaque jour. Mais la destruction en même temps d'un trop grand nombre de cellules pouvait altérer à terme l'organisme tout entier.

Malgré toutes les précautions, les agressions sur le jeune corps de Luna, si elles n'avaient pas remis en cause sa survie ni son héritage génétique, avait beaucoup affaibli sa résistance et sa longévité.

Luna profita des enseignements et de la sollicitude de Noémie pour grandir dans le chaos ambiant en préservant l'essentiel. Comme pour d'autres jeunes femmes, sa traversée victorieuse de la période la plus destructrice de l'humanité soulevait des questions sur un futur enfantement. Elle possédait les clés indispensables pour embrasser à son tour une carrière scientifique, ce qui la rendit candidate pour transmettre la vie.

Elle devint mère à l'âge de 30 ans, en 2106, donnant naissance à Zora et gratifiant Noémie du titre d'arrière-grand-mère pour ses 85 ans. La lignée matriarcale se poursuivait, ténue mais vivace.

Rompant avec la pratique ancestrale de la procréation, Luna ne porta pas son enfant en son sein. La technologie, toujours plus prégnante dans la vie des humains, avait totalement pris en mains la destinée de l'humanité. Si la jeune femme avait elle-même été conçue autrefois par la fécondation in vitro, elle n'avait contribué qu'à offrir ses

L'arbre généalogique

gamètes pour devenir maman. Une fois établi le délicat processus de sélection des caractéristiques entre les donneurs masculins et féminins selon les besoins de la société, la gestation complète avait ensuite été confiée à des couveuses jusqu'à la naissance de la petite Zora.

Vingt-cinq années difficiles venaient de passer depuis la guerre nucléaire. L'humanité avait survécu, au prix d'une profonde remise en cause et de grandes privations. Cela avait sonné l'avènement des robots comme seules entités solides pour suivre un programme établi sans variation ni compromission. Les sentences de la machine étaient sans appel et chacun s'en remettait aux lois édictées qui s'imposaient à tous.

La perpétuation de l'espèce entrait dans le pré carré de ces machines omnipotentes. Seule leur autorité incontestable et incontestée, faute de meilleur système, pouvait imposer un diktat qui touchait à ce point l'âme humaine dans ce qu'elle avait de plus intime et sensible.

C'est donc sur la base d'algorithmes qu'il fut décidé que Luna et ses consœurs n'étaient pas aptes à délivrer la vie selon le processus biologique. De même, il n'était plus question de planning familial, compte tenu des ressources disponibles limitées pour un monde en survie précaire.

Quelques femmes jeunes étaient sélectionnées pour la qualité de leurs gènes. Il en allait de même pour les hommes. Cet effet de bord, ce coup de balancier dans la programmation et la gestion des naissances possédait des inconvénients majeurs. Ce qui régissait la vie depuis toujours sur la Terre, pour l'ensemble des organismes vivants, à partir de la reproduction sexuée conduisant à la sélection et l'adaptation d'une espèce à son milieu avait été dérobé par des ordinateurs froids et manichéens.

Mais la machine ne pouvait pas tout. Affaiblie par une atteinte lente et sournoise de certaines fonctions vitales, Luna ne put profiter d'avancées médicales non encore mises au point pour prolonger sa vie au-delà de ses cinquante ans. Elle s'éteignit d'un cancer généralisé du système lymphatique au Cap, en Afrique du Sud, pays dans lequel elle officiait depuis quinze ans en tant qu'administratrice d'un des plus gros complexes d'ordinateurs de l'Oméga, qui venait d'être créé. Elle laissait sa fille Zora, âgée de 20 ans, brillante universitaire, nourrie aux programmes didacticiels de haute qualité, marchant dans les pas de ses éminentes mère et grand-mère. Zora fut rapidement intégrée au programme Proxima qui projetait d'essaimer la vie sur la planète Mars.

Nathan pouvait raccrocher cette histoire familiale avec ce qu'il connaissait déjà. Ce que Noémie allait raconter à partir de maintenant, il le savait déjà.

A l'âge de 25 ans, Zora fut sélectionnée par l'Omega, sous la bienveillante attention de Noémie qui avait allègrement dépassé les cent ans, pour recourir à une procréation traditionnelle, sous la surveillance constante des machines qui enregistraient toutes les données, tous les paramètres. Elle faisait partie d'un collectif d'hommes et femmes à qui il fallait tout réapprendre des comportements humains dans ce qu'ils avaient de plus primitifs.

Bien qu'elle n'ait pas eu le loisir de choisir le géniteur de son enfant, elle put connaître l'étrange moment de l'accouplement, mais sans aucun affect ni plaisir. Les circonstances, dans une pièce aseptisée saturée de caméras et de capteurs, n'étaient pas propice au moindre romantisme. Le but n'était que médical et physiologique, pour analyser, avec les moyens modernes les plus pointus, un acte originel qui s'était perdu depuis plusieurs générations.

Le rapport sexuel n'avait rien de spontané. Il avait été planifié à la période d'ovulation la plus favorable, de sorte que neuf mois plus tard, ayant porté le fœtus dans son ventre en suivant des régimes rigoureux, elle donnait naissance à son unique enfant, un garçon, qu'elle prénomma Nathan.

Hormis les deux jumeaux mâles, frères de sa grand-mère Luna et morts dans le feu nucléaire, il était le seul descendant mâle de lignée matrilinéaire dont Noémie représentait la souche.

En l'année 2131, Noémie, toujours en Amérique du Sud, apprenait qu'elle prenait un galon de plus, à 110 ans, en devenant arrière-arrière-grand-mère...

Ce jeune enfant « naturel » était le fruit de la science la plus aboutie. Sa naissance s'inscrivait dans l'ambitieux programme de sauvegarde de l'humanité.

La religion

Après cinq jours intensifs passés en compagnie de sa trisaïeule, Nathan approchait de la fin de son initiation. Il avait, en quelques jours, beaucoup appris et renforcé sa connaissance du passé, débarrassé du filtre anesthésiant et trompeur de l'Omega. Il avait surtout grandi énormément en matière de pensée philosophique, grâce à Noémie qui avait longuement et patiemment décortiqué les événements structurants de l'histoire de l'humanité, déroulant froidement leur logique implacable, inéluctable et fatale.

Cette transmission relevait en tous points de la quête initiatique pour le novice et de celle du passage pour sa formatrice. Elle apportait au jeune homme, par ce rituel improvisé, construit jour après jour, une spiritualité profane absolument nécessaire pour se construire totalement en tant qu'être humain. C'était la seule voie d'émancipation possible vers l'immatériel et le mental, dans ce monde de non-croyants gouverné par les machines. La spiritualité religieuse était quant à elle devenue taboue et inutile. Elle n'impliquait plus que quelques illuminés par ailleurs totalement inoffensifs. Le liturgique et le sacré ne faisaient plus recette.

L'intelligence artificielle avait eu un impact plus grand et plus définitif que les autres technologies concernant le déclin des religions. Omnisciente, elle permettait de résoudre des préoccupations existentielles et de répondre implacablement et sans détours à la plupart des questions que les humains se posaient depuis toujours.

Le corollaire de cet état de fait, devenu état de droit, coulait de source : plus les individus comptaient sur les robots et sur l'intelligence artificielle pour expliquer le monde, moins ils se reposaient sur leurs croyances religieuses, issues de leur ignorance, de leurs peurs et de leur incapacité à envisager leur mort. Autrefois, l'entité suprême vers qui se tourner, c'était un Dieu, ou des dieux. Avec les robots intelligents, l'allégeance et la soumission étaient tournées aujourd'hui vers des agents plus puissants encore.

La doctrine transhumaniste [17] avait prédit depuis longtemps le jour où l'ordinateur surpasserait l'homme pour faire entrer ce dernier dans une nouvelle ère. Ce paradigme autoréalisateur portait en lui les germes d'une nouvelle religion plus exigeante que les précédentes, mais basée elle-aussi sur la verticalité et l'aspiration à une certaine transcendance…

---

[17] *Mouvement prônant l'usage des sciences et des techniques afin d'améliorer la condition humaine par l'augmentation des capacités physiques et mentales des êtres humains et de supprimer le vieillissement et la mort*

Avec le foisonnement des machines omniprésentes devenues indispensables, avec les implants cybernétiques généralisés dans le corps de chaque humain, le message jusque-là dominant depuis deux millénaires, reposant sur l'incarnation d'un Dieu qui se fait homme, était brouillé, voire détruit. L'homme naturel n'existait plus. Il était implanté de nombreuses pompes sous-cutanées, assisté biologiquement et mécaniquement dès son plus jeune âge, notamment pour réguler sa croissance et le protéger des radiations malignes qui perduraient, en lente décroissance depuis le séisme atomique. Comment, dans ce contexte prégnant de « nature augmentée », imaginer sérieusement le monde créé en sept jours et l'être humain en un seul instant, à partir de la terre, de l'eau et du souffle de Dieu, qui au passage l'avait créé à son image ?

Selon les anciennes croyances, Dieu avait choisi d'assumer la condition humaine et sa vulnérabilité, à travers son fils et son sacrifice. C'était par ses propres limites et sa condition de mortel que le chrétien était appelé à découvrir Dieu.

Le développement de l'intelligence artificielle tendait au contraire à démultiplier la force et la puissance humaines. L'homme avait abdiqué devant la machine. Le pape lui-même, successeur de l'apôtre Pierre au $266^{\text{ème}}$ rang, avait déclaré [18] : « *l'intelligence artificielle se trouve vraiment au cœur du changement d'époque que nous traversons. Prions pour que les progrès de la robotique et de l'intelligence artificielle soient toujours au service de l'être humain* ».

---

[18] *Intention de prière du pape François – 11 novembre 2020*

Sans en faire une bulle papale, acte juridique d'importance scellé par un cachet de plomb, il avouait par ses mots sa défaite et celle de toute la chrétienté, en accordant une conscience et une intention à un ensemble de machines. Car si l'âme n'était plus que le résultat d'un assemblage mécanique, cela remettait *de facto* en cause la nature divine et spirituelle de l'homme, sur laquelle le pape formait un vœu en guise de réponse, trouvant un hypothétique et contradictoire salut dans la prière vers un Dieu aux abonnés absents.

Quatre ans plus tard, le Souverain pontife mettait à nouveau solennellement en garde ses fidèles contre les risques avérés, ou en voie de l'être, pour les sociétés démocratiques : « *le paradigme technocratique dominant derrière l'intelligence artificielle, marqué par une présomption prométhéenne d'autosuffisance, pousse l'être humain, pensant dépasser toutes les limites grâce à la technique, à courir le risque, dans l'obsession de vouloir tout contrôler, de perdre le contrôle de lui-même* ».

A noter au passage, par voie de conséquence, que l'homme perdait également dans le même temps le contrôle de la machine qu'il avait conçue…

La surprenante clairvoyance du pape prenait des airs de tragédie pathétique. Car l'avertissement n'était en réalité que prophétie. En cela, le prélat ne faisait que suivre l'inclination de l'ensemble de la population, troquant symboliquement sa soutane blanche de guide spirituel des chrétiens pour une vulgaire toge de tribun mondial.

La religion

En suivant la foule dans ce qu'elle a de plus populiste et de plus vulgaire, il se dessaisissait symboliquement de sa tiare pontificale, de sa férule et de son anneau, ne possédant plus, aux yeux des derniers fidèles, qu'un pouvoir temporel, spirituel et moral relégué au rang de l'honorifique.

A courir ainsi après l'événement, il ne croyait pas si bien dire. Les gens s'adonnaient déjà depuis longtemps dans leurs usages quotidiens à des dévotions permanentes à leur nouveau Dieu numérique, dans une addiction profonde et irréversible.

Ce nouveau culte, tout aussi virtuel que les précédents - croire en un Dieu dont on ne peut prouver l'existence - avait progressivement sonné le glas de toutes les religions traditionnelles, les unes après les autres. L'humain n'avait plus à trouver une réponse en lui, la machine la lui procurait sans effort.

Avec l'allongement technologique de la vie, au-delà des capacités naturelles passant par l'utilisation généralisée de nanorobots, par le séquençage du code génétique ou par les nombreux implants cybernétiques, la promesse d'immortalité rendait mécaniquement l'idée d'une vie après la mort bien moins séduisante. En espérant devenir immortel grâce à la technologie, les humains n'avaient plus grand intérêt à suivre les préceptes religieux ni à espérer en une hypothétique résurrection.

A l'instar du veau d'or [19], épisode biblique relatant la vénération d'une idole matérielle plutôt que le Dieu qu'elle représente, le peuple avait soudain basculé dans un culte païen planétaire.

Les sciences humaines et sociales, appelées autrefois les humanités, avaient perdu la bataille face à la technologie et le consumérisme à outrance. Dans une société centrée sur sa satisfaction immédiate, la partie était perdue d'avance.

L'ordinateur, idole mécanique créée de main d'homme, devenait une nouvelle aliénation de la condition humaine. Une sorte d'homoncule mettant en évidence la prétention de l'homme à imiter Dieu, en le faisant lui aussi créateur d'une entité à son service. Cela n'était pas nouveau dans l'histoire de l'humanité. Selon la mythologie, le Golem [20] avait été modelé avec de la glaise rouge et de l'eau, comme Dieu le fit pour la création d'Adam. Cette créature, privée de la parole, prit vie. Assez rapidement, cet ancêtre du robot, avec son apprentissage et ses réactions humaines, avait fini par échapper à son inventeur.

---

[19] *Ancien testament. Episode dans lequel le peuple conduit par Moïse créé une idole en or tandis que Moïse va recueillir les tables de la loi sur le mont Sinaï*

[20] *Ancêtre du robot, personnage mythique créé à Prague au XVIème siècle par un rabbin. Le premier ordinateur construit en Israël a été nommé Golem1.*

Naturellement, la religion déclina plus fortement dans les métropoles. Plus l'intelligence artificielle était intégrée dans leur environnement, moins les humains se sentaient concernés par la croyance religieuse.

L'intelligence artificielle agissait comme des médecins, rendant la vie plus facile en disant comment fonctionne le monde. L'esprit n'avait plus cet impérieux besoin de recourir à des explications ésotériques.

Noémie n'avait pas reçu d'éducation religieuse. Comme il était « de mode » dans sa jeunesse, ses parents avaient célébré un baptême civil. C'était un acte sans valeur juridique, hybride et désincarné, prétexte à réunir la famille autour de cadeaux, énième avatar d'une société en déroute s'inventant de nouveaux ancrages, tournant le dos à une forme de conformisme pour se jeter dans les bras d'un autre.

Sans avoir reçu l'onction du Saint Chrême sur son front, elle avait cependant baigné dans un milieu social et une société où la religion, cet « opium du peuple » cher à Karl Marx, avait fait des ravages.

Que de crimes avaient été perpétrés au nom d'un Dieu vengeur censé pourtant répandre l'amour parmi les hommes. Croisades, massacres, génocides, pogroms, évangélisation forcée par des colons missionnaires, inquisiteurs, hérétiques, avaient émaillé la vie des humains et des peuples, sans compter une justice ecclésiastique complice, se retranchant derrière le droit canonique, pour mieux s'affranchir des tribunaux civils régissant et punissant durement le reste de la population.

Le Dieu rédempteur s'était mué en Dieu vengeur et sanguinaire, aux mains de zélotes, missionnaires, croisés ou inquisiteurs fanatiques qui agissaient en son nom. Ces derniers, tortionnaires et génocidaires exterminant les infidèles avaient opportunément expié leurs fautes, une fois leur suprématie établie sur la planète.

La chrétienté, dominante et dévorante durant plusieurs siècles, s'était assagie, endormie, laissant par un aveuglement coupable la voie libre à un islamisme conquérant et agressif porté par une démographie galopante. En deux siècles, cette dernière religion était passée de la quatrième à la première place à l'échelle de la planète. La guerre nucléaire avait mis une fin brutale et définitive à cette expansion effrénée, l'hémisphère sud n'étant pratiquement pas envahi par ce raz-de-marée insufflé par un islam radical aux visées hégémoniques. Son objectif consistait à mobiliser tous les musulmans de la planète, par une conversion de force, autour d'un projet socio-politique fondé sur la loi religieuse - la charia - avec la foi comme doctrine politique et les ayatollahs, mollahs, imans, muftis et autres prédicateurs comme hérauts du jihad.

Les traces des différentes religions avaient marqué les peuples depuis des millénaires, par le christianisme avec ses composantes catholique, protestante, orthodoxe, anglicane, mais aussi le confucianisme, l'animisme, l'indouisme, le bouddhisme, le judaïsme. En cherchant à communiquer avec leurs Dieux, les hommes avaient construit leurs temples, lieux de pratique des rites. Certains édifices s'élevaient vers le ciel, défiant les lois de l'architecture, d'autres étaient bâtis au sommet des montagnes, dans une symbolique transcendance et élévation de l'âme.

Tous ces lieux de culte ou de prière avaient été progressivement délaissés, transformés en ruines romantiques, en vestiges architecturaux du patrimoine mondial, quand ce n'était pas en hôtels de luxe ou en restaurants branchés.

Essentiellement implantés dans l'hémisphère nord, ils avaient subi le souffle nucléaire, irrémédiablement détruits pour la plupart et durablement inaccessibles pour ceux restant encore debout. Des millénaires de génie et de virtuosité issus du talent des plus grands artistes au service de l'art sacré s'étaient enkystés dans une atmosphère où la vie n'avait plus droit de cité.

L'hémisphère sud avait été beaucoup moins riche en trésors architecturaux que l'ancien monde. Les plus anciens témoignages polythéistes étaient formés des constructions précolombiennes du continent A1, avant la conquête espagnole, les autres continents évangélisés tardivement ne conservant que quelques cathédrales anglicanes du XIXème siècle dans l'ex Australie et des édifices catholiques dans l'ex Afrique subéquatoriale. Mais là encore, ces havres de recueillement avaient été désertés progressivement pour sombrer ensuite dans un abandon irréversible.

La « vie d'après » avait stoppé net la quête spirituelle des survivants. A la sidération de l'holocauste avait succédé l'instinct de survie. Il n'était plus temps de réciter des psaumes ou de faire brûler des bougies en invoquant un Dieu immanent pour le moins complice ou désintéressé de la condition humaine. Comment un Dieu quelconque aurait pu laisser se produire un tel désastre ?

Le « père » de l'Intelligence artificielle, Alan Turing [21] avait prophétisé la supériorité de la machine sur l'homme et mis au point un test qui porte son nom. Le test consistait à mettre un humain en confrontation verbale et à l'aveugle avec un ordinateur et un autre humain. Si la personne engageant les conversations n'était pas capable de dire lequel de ses interlocuteurs était un ordinateur, on pouvait considérer que le logiciel de l'ordinateur avait passé le test avec succès.

Il voulait en cela répondre aux critiques qui affirmaient que seul Dieu pouvait créer la vie et donc l'intelligence. La thèse de Turing était novatrice et iconoclaste pour l'époque. Il affirmait que lorsque nous fabriquons des machines intelligentes, nous ne créons pas plus une intelligence que nous ne créons des âmes lorsque nous

---

[21] *La légende dit que c'est parce qu'Alan Turing, inventeur de la machine Enigma durant la seconde guerre mondiale, s'est suicidé avec une pomme empoisonnée que Steve Jobs, en hommage, a choisi de baptiser son entreprise informatique Apple et de lui attribuer son fameux logo*

La religion

faisons des enfants. Il ajoutait que dans ces deux cas, nous nous contentions de fabriquer une demeure pour les âmes.

Le ver était déjà dans le fruit depuis que les scientifiques, physiciens et philosophes, dans la lignée des Copernic, Galilée ou Newton, avaient remis en cause la place de la Terre et de l'homme dans l'Univers. Si l'on prend la Bible au pied de la lettre, impossible d'admettre que la Terre tourne autour du Soleil.

Il y est clairement précisé que, pour se venger de ses ennemis, Josué [22] ordonna au soleil de se tenir immobile, précisant : « *Et le soleil s'arrêta alors au milieu des cieux* ».

À cette époque, on considérait que la Terre était au centre de l'univers et que le soleil tournait autour du globe. Galilée, grâce à la lunette astronomique qu'il avait développée, plaça la Terre à l'intérieur du système solaire en la faisant tourner autour du Soleil, au grand dam de l'Église catholique qui prononça l'anathème en classant ses travaux à l'Index.

L'Inquisition fit un retentissant procès pour ses idées hérétiques. Galilée fut contraint de renier sa thèse publiquement, avec cette parole demeurée célèbre : « *Et pourtant, elle tourne !* ».

---

[22] *Livre de Josué, Ancien testament, chapitre 10:12. Josué est le successeur de Moïse dans la conduite du peuple hébreu vers la Terre promise.*

Ces hommes de savoirs avaient dépassé et mis à bas la doxa de la morale judéo-chrétienne, construite sur une dévalorisation du monde réel qui réprime tous les plaisirs de la vie comme les désirs, les passions, le bonheur.

Les idéaux religieux avaient pour finalité d'inventer un au-delà meilleur que l'ici-bas pour faire passer le principe de la mort et d'imaginer des valeurs transcendantes pour mieux asservir le peuple ignorant et craintif à la justice divine.

Chaque humain était endoctriné pour vivre une vie de miséricorde et de pénitence d'un péché originel qu'il fallait laver à grands renforts de confessions et d'actes de contrition. Il se savait destiné, à l'aube de sa mort, au tribunal divin du Jugement dernier, à la pesée de son âme, décidant de son sort jusqu'aux délices du Paradis ou aux gémonies de l'Enfer.

La religion avait rabaissé l'homme pour réhausser Dieu, et l'homme avait perdu la croyance en sa propre valeur. Pour remettre l'homme au centre, pour le libérer, et lui redonner foi en la vie, la mort de Dieu était inévitable [23]. Après avoir créé Dieu à son image, tout en prétendant le contraire, l'homme avait dans un premier temps repris les rênes de sa destinée, s'enfonçant dans un nihilisme aveugle qui se révéla être un poison lent.

Les hommes avaient failli, les dieux aussi. Comme toujours quand quelque chose le dépasse, l'être humain avait cherché une réponse dans l'offre la plus accessible

---

[23] *« Dieu est mort ». Friedrich Nietzche - Le gai savoir – 1882*

et la plus susceptible de panser ses angoisses. Les robots étaient tombés à point nommé pour combler ce vide. Progressivement, un nouvel ordre s'était dessiné autour d'une divinité tentaculaire faite millions de puces de silicium, habilement manipulée par une poignée de dirigeants ayant saisi toute l'opportunité du symbole.

Le nouveau Dieu avait émergé, d'abord sans la moindre identification précise, puis était devenu l'Omega, l'aboutissement ultime de l'humanité, une machine totem conditionnant les humains dans un lien vertical fort et incontesté, analogue au dieu Ford d'un célèbre roman dystopique [24] et visionnaire.

---

[24] *Aldous Huxley, Le Meilleur des mondes, 1932*

Un pas vers l'immortalité

La septième entrevue, selon le rituel désormais bien établi de l'isolement dans le petit dressing porta sur l'accroissement spectaculaire de la vie. Il est vrai qu'à cent-quarante ans, Noémie affichait une forme remarquable. Elle tenait sa longévité et son état physique de son hygiène de vie, mais surtout des bénéfices des progrès constants de la médecine.

De tous temps, les hommes avaient couru après une forme d'éternité, jusqu'à repousser sans cesse la limite de la dégénérescence et de la mort. Les quêtes de l'immortalité et de la longévité ont jalonné l'Histoire de l'humanité depuis ses prémices, se concrétisant au travers d'innombrables mythes relatant des mortels ayant osé aspirer aux privilèges des dieux, et condamnés en retour à des supplices, tels Prométhée ou Icare. Il s'agissait de percer le secret de l'éternité. Pour la mythologie grecque, l'immortalité était l'attribut distinctif des dieux de l'Olympe, dont le secret résidait dans la consommation d'ambroisie et de nectar.

Désirant égaler les dieux, les hommes n'ont cessé de rechercher la fontaine de Jouvence, l'élixir de longue vie ou le saint Graal. Le thème de la vie éternelle se retrouve dans toutes les cultures et toutes les croyances.

Puisque la mort est inéluctable et avérée, certaines religions proposaient le miracle de la résurrection des morts, comme celle de Lazare par Jésus ou de Jésus lui-même par Dieu en personne. Les pharaons se faisaient ensevelir avec tout leur imposant viatique, offrandes, bijoux et nourriture comprise, pour entrer au royaume des morts et y renaître en majesté. Les Spartes, lors de la crémation d'un grand chef, posaient deux pièces d'or sur les yeux du défunt pour payer son passage dans l'au-delà. Les bouddhistes, ainsi toutes les religions animistes, croyaient en la réincarnation en diverses entités de la nature. Les élixirs et philtres en tous genres faisaient la fortune de charlatans sous le couvert d'une pseudo-science apothicaire destinée à duper quelques crédules fortunés. Le spiritisme offrait quant à lui la « preuve » d'une vie après la mort, puisqu'il était possible de converser avec un défunt, et ce dans une maison même pas hantée…

Chacun composait avec la mort dans la croyance d'un au-delà. Le mythe du Phénix, cet oiseau mythologique doté d'une grande longévité et caractérisé par son pouvoir de renaître de sa consumation dans les flammes de son bûcher, séduisait sans grande difficulté la plupart des mortels.

A la Renaissance, vers l'an 1500 de l'ancien calendrier, l'espérance de vie moyenne était de quarante ans. Cinq siècles plus tard, à l'aube du XXIème siècle, Jeanne Calment, la doyenne de l'humanité, s'était éteinte à cent-vingt-deux ans. Cinquante ans plus tard, la médecine aidée de l'intelligence artificielle, permettait de soigner pratiquement toutes les maladies et d'atténuer considérablement les effets du vieillissement.

La connaissance du corps humain dans ce qu'il a de plus microscopique, ainsi que les interactions entre les organes, était devenu parfaitement lisible par les scientifiques. Le livre de la vie, rythmé par le séquençage ADN, s'appréhendait comme une suite déchiffrable et prédictible.

Le génie génétique avait décrypté le mystère de la vie biologique, notamment le phénomène de régénération programmée de chaque cellule du corps humain, se divisant un certain nombre de fois avant de mourir. Chaque espèce vivante avait intrinsèquement une capacité à programmer sa propre mort appelée "suicide cellulaire", caractérisée par le vieillissement ou la stérilité. Ainsi, immuablement, les individus laissaient naturellement la place à d'autres individus toujours plus performants et mieux adaptés à leur environnement. La vie se fondait naturellement sur la maîtrise d'un équilibre d'autodestruction et de renouvellement.

En approchant cette limite de « suicide cellulaire », les chromosomes se rabougrissaient et montraient des signes de sénescence, considérée comme la principale cause du vieillissement. En ralentissant le raccourcissement des chromosomes, il devenait donc mécaniquement possible d'augmenter considérablement l'espérance de vie.

Les scientifiques avaient dissocié vieillissement et longévité. Pour dépasser les principes physiques infranchissables, il fallait recourir à l'apport de la technologie et entrer dans le monde controversé du transhumanisme. Grâce à l'usage des techniques disponibles pour améliorer la condition humaine par l'augmentation des capacités physiques et mentales au moyen de machines, il était possible de ralentir le vieillissement et la mort.

Le transhumanisme reposait sur les progrès de la médecine, de la technologie, de l'informatique, de la robotique, des nanotechnologies et de tout ce qui peut s'apparenter aux sciences et à l'intelligence artificielle.

L'idéologie ne datait pas d'hier. Au début du troisième millénaire, l'association transhumaniste mondiale avait rédigé et adopté la Déclaration transhumaniste [25] :

« *L'avenir de l'humanité va être radicalement transformé par la technologie. Nous envisageons la possibilité que l'être humain puisse subir des modifications, telles que son rajeunissement, l'accroissement de son intelligence par des moyens biologiques ou artificiels, la capacité de moduler son propre état psychologique, l'abolition de la souffrance et l'exploration de l'univers* ».

---

[25] *Manifeste rédigé par la World Transhumanist Association (WTA) en 2002*

Depuis deux siècles, les progrès de la médecine, de la chirurgie, de la biologie ou de l'imagerie avaient considérablement amélioré l'espérance de vie ainsi que la qualité des soins. Des découvertes toujours plus nombreuses et innovantes avaient émergé dans le sillage des travaux de Louis Pasteur, inventeur du vaccin contre la rage, et de Robert Koch, découvreur du bacille de la tuberculose. En mettant au point de nouvelles technologies, les physiciens, les chimistes, les biologistes, les informaticiens, avaient fait progresser le diagnostic grâce aux techniques d'imagerie, la prise en charge des affections grâce aux progrès de la chirurgie et aux résultats de la recherche biomédicale, allant jusqu'à doubler l'espérance de vie.

La technologie avait fait des bonds de géant, remettant en cause l'essence même de la vie. Toute une industrie *in-vitro* s'était développée à grande échelle. Depuis Louise Brown, le tout premier bébé-éprouvette, la technique était devenue banale au point d'engendrer un nombre toujours croissant de nouveau-nés. Poursuivant dans ce sens, les laboratoires s'étaient spécialisés dans la transplantation d'organes cultivés en milieu artificiel à partir de cellules souches, faisant faire un bond considérable à la survie de malades attendant jusque-là le sacrifice d'un donneur ou le prélèvement sur une personne récemment décédée. Ces moyens de chirurgie, nécessaires un temps et désormais obsolètes, avaient été un formidable palliatif dans l'attente d'un traitement plus élaboré, traitant le mal à sa source.

Avec le progrès, l'avis d'un ordinateur était devenu plus sûr que celui d'un radiologue. Dans le domaine de la chirurgie, le robot avait remplacé le praticien : il ne tremblait pas, n'avait pas de problèmes intimes et savait parfaitement ce qu'il avait à faire.

La médecine personnalisée, avec des traitements individualisés en fonction des caractéristiques des patients, était devenue la routine. Parmi les techniques les plus avant-gardistes se trouvaient les nanorobots implantés à l'intérieur de l'organisme pour le réparer en permanence, sans que l'individu n'en prenne conscience. Réparer ou remplacer des organes à l'infini, intervenir à l'échelle cellulaire pour ralentir le vieillissement permettait de faire reculer les frontières de la mort.

Ces avancées entraînaient aussi une réflexion éthique sur le sens de la vie. La quête n'était pas nouvelle.

D'après Charles Darwin, « *il devient très probable que l'humanité telle que nous la connaissons n'en soit pas au stade final de son évolution mais plutôt à une phase de commencement* » [26]. Il ne se doutait pas, en son temps, que la sélection artificielle prendrait le relais de la sélection naturelle. L'homme, doté de la capacité technique, était devenu le moteur de sa propre évolution, de sa propre transformation. Il n'était plus soumis aux aléas de l'évolution biologique complexe de l'espèce humaine.

---

[26] *Charles Darwin – La filiation de l'homme – 1871*

L'humain voulait avoir la mainmise sur sa propre chair et pouvoir la transmuter, ce qui était devenu possible et parfaitement aisé en changeant un brin d'ADN défectueux ou imparfait et de le remplacer par un brin sain et sans défaut.

Paradoxalement, cette appropriation du destin de l'humanité arrivait à point nommé dans un monde en déliquescence. Contrairement à la théorie de l'évolution des espèces qui privilégiait la survie et le développement des individus les plus adaptables, donc les plus intelligents, le monde avait basculé dans l'excès inverse, sous couvert d'égalité des chances, de sorte que la qualité des gènes transmis de génération en génération s'était inexorablement affaiblie.

Depuis les débuts de l'humanité, les facultés intellectuelles avaient été graduellement perfectionnées grâce à la sélection naturelle. Si l'homme descendait du singe, raccourci hâtif mais significatif de la théorie de l'évolution des espèces, il s'en était fortement éloigné, alors que son capital génétique restait commun à 98,79 % avec le chimpanzé. Ainsi, autrefois, lorsque qu'une tribu comportait une bonne proportion de membres brillants et compétents, elle avait un avantage sélectif sur une autre population possédant un engagement et une cohésion plus faibles.

Mais contrairement au règne animal, régi par la suprématie des mâles dominants, les individus humains les plus clairvoyants et les plus soucieux d'autrui n'avaient pas une descendance plus nombreuse que des individus égoïstes et soucieux de leur survie. Au contraire, les couches les moins éduquées de la société se reproduisaient plus abondamment, quelles que soient leur race, leur culture ou leur localisation géographique. Dans le même temps, les sujets les plus fragiles, les plus déficients, les moins aptes à survivre, qu'on appelait autrefois les avortons, faisaient l'objet de toutes les attentions pour les insérer dans une société s'acquittant d'une dette morale très judéo-chrétienne. L'humain s'était arrogé le droit de contredire l'ordre originel de la vie, en intervenant sur la nature et en corrigeant ce qui apparaissait à ses yeux comme une injustice.

Dans ces conditions, le patrimoine génétique de la race humaine avait vocation à se dégrader inlassablement sans qu'aucune sélection darwinienne n'en soit la cause.

L'homme, une nouvelle fois, avait contrecarré la régulation naturelle, pour la contraindre à sa volonté. Dans son aveuglement de puissance, tel un démiurge moderne, il avait assujetti tout son environnement, le façonnant à sa démesure, en modifiant le climat, en polluant la terre, l'eau et l'atmosphère, sans risquer la colère d'un garde-fou suprême.

Sur le plan de l'évolution humaine, après des décennies d'errance et de régression sociétale, la science toute-puissante avait enfin joué ce rôle de modérateur pour mettre fin aux excès. Les règles strictes de l'Organisation avaient sonné le glas du jusqu'auboutisme de n'importe quelle vie à n'importe quel prix.

La vie était devenue exclusivement une affaire de programmation et de planification, en regard des desseins supérieurs de l'humanité et de la réelle utilité de chaque individu. Les robots assuraient l'essentiel des tâches, supprimant la fatigue physique et le surmenage. La plupart des humains menait une vie oisive et peu valorisante. Cette population constituait avant tout un vivier génétique, réparti sur les trois continents en fonction des ressources disponibles, se reproduisant artificiellement dans un savant mélange de gamètes et de chromosomes. Seuls quelques élus, tels Nathan, conçus et sélectionnés pour leur intelligence supérieure et leurs caractéristiques physiologiques, étaient gratifiés d'un enseignement supérieur et d'un destin plus valorisant.

Pour perpétuer la vie des humains survivants, il ne restait plus que la place, sur une Terre devenue exsangue, que pour ceux qui étaient exempts de défauts. Les petites anomalies physiologiques étaient facilement corrigées sans problème. Chacun y avait droit et y avait recours au long de son existence, dans un but de prévention et d'amélioration de l'image de soi. Le prix à payer par l'Organisation demeurait très réduit. En revanche, les malformations majeures étaient écartées dès les premiers diagnostics fœtaux, le plus souvent décelées dans les couveuses artificielles. Sans tergiverser, l'avortement préventif était systématiquement engagé, sans requérir le moindre consentement. Dans cette logique implacable et non contestée, il n'était mis aucun acharnement à rendre viable toute altération qui s'écartait d'un profil standard de l'être humain, et qui aurait consommé des ressources rares et chères.

Le monde de l'λ81 de l'ère de l'Omega avait écarté brutalement toutes les maladies neurodégénératives, les diverses dystrophies, les myopathies, la trisomie et les autres maladies génétiques nécessitant des moyens et une énergie hors de proportion et d'intérêt.

L'heure n'était plus à vouloir sauver tout le monde et encore moins à faire se reproduire des individus « impurs ». L'humanité en avait terminé avec la phase d'expansion incontrôlée, pour une stricte régulation des naissances et de la vie, sur la Terre à court terme, puis sur d'autres planètes dans un avenir proche.

Contenues un temps, les réserves concernant les sujets d'éthique avaient volé en éclat avec le cataclysme. L'égoïsme ambiant, le désintérêt de l'autre ne militaient plus pour une égalité de chances quoi qu'il en coûte à la société. Des années d'endoctrinement de l'Omega, nourries par la peur et par l'assistance des rescapés, avaient annihilé toute forme de contestation ou de questionnement. En retour, une vie agréable et exempte de maladie leur était assurée.

Comme chacun, Noémie avait profité des nouvelles technologies à mesure qu'elles devenaient disponibles. Alors que l'accroissement de la vie en bonne santé se faisait jadis à grands renforts d'interventions sur des porteurs sains, par prélèvements et échanges d'organes humains, le recours à des machines électroniques et pompes diverses implantées dans le corps avaient totalement changé la donne.

Avec le temps, Noémie était devenue, comme l'ensemble des terriens, une entité cybernétique à part entière, avec sa composante essentiellement humaine, généreusement dotée de nombreux capteurs, de piles et d'assistants électroniques…

A l'aube de ses cent quarante printemps, elle se portait comme un charme…

Verdict du procès de Noémie

Durant toute la durée de son édifiant exposé, étalé sur trois jours, Noémie avait captivé les sages appelés à la juger. Ce qu'elle avait décrit avec force détails ne constituait pas une révélation en soi pour son auditoire, bien au fait des données historiques. Cependant, la claire et parfaite synthèse qu'elle en avait fait, enrichie de ses impressions personnelles, forçaient le respect.

Son long palabre, aux airs libertaires de harangue et d'hymne au libre-arbitre, divisait le comité. Pour autant, aucun des membres n'était resté indifférent.

Les plus orthodoxes et viscéralement obtus restaient campés sur la doxa sans appel de l'Omega, arguant d'une sacro-sainte normalité sécurisante qu'il ne fallait remettre en cause sous aucun prétexte. Il y avait eu tant de malheurs dans le passé qu'il ne fallait pas recommencer à éveiller des consciences non préparées à trop de libertés et ne sachant qu'en faire. Il était plus sage de tout décider pour elles.

D'autres juges reconnaissaient en leur for intérieur avoir été touchés par la leçon d'humanisme de leur consœur. A trop effacer le passé et la mémoire, à ne réserver l'enseignement qu'à des matières techniques exploitables uniquement pour communiquer avec les ordinateurs, l'humain avait perdu une partie de son âme et de sa singularité. Noémie venait à point nommé leur rappeler les dangers de cet aveuglement collectif et suicidaire.

Cela ne remettait nullement en cause dans leur esprit la quête de l'humain parfait, sélectionné dès sa conception pour la qualité de ses gènes et l'absence d'altérations psychiques ou physiologiques. Personne ne contestait plus désormais cette sélection génétique généralisée de la société structurée en diverses classes sociales d'utilité et d'apports différents à la collectivité.

En enseignant l'Histoire, la philosophie et les sciences sociales, Noémie avait simplement apporté et imposé le supplément qu'elle jugeait indispensable à l'équilibre du jeune Nathan, hémiplégique par construction de toute une partie émotionnelle, affective et sensible.

Les partisans des deux camps s'accordaient sur un constat identique et une même évidence. Le jeune homme était promis à un avenir déterminant pour le prolongement de l'humanité. Il avait été conçu et élevé dans ce but et il était criant qu'on ne lui avait pas donné toutes les armes.

Les débats furent âpres et animés entre les deux camps foncièrement antagonistes, arc-boutés sur des positions de principe, plus que des sentiments personnels.

Factuellement, Noémie avait transgressé les règles de l'Oméga, avec préméditation et récidive. Pire, elle ne témoignait d'aucun repentir. Pour autant, son âge vénérable et sa voix douce, son regard attendrissant et son exposé brillant ne formaient pas le profil d'une dangereuse révolutionnaire.

Au demeurant, chacun sentait qu'elle avait raison d'avoir remis l'humain au-dessus et au cœur du système. Il fallait toutefois trancher le différend et trouver une sentence juste devant ce cas si particulier qui justifiait à lui seul ce tribunal d'exception.

La délibération se limitait à deux options : faire un exemple afin de confirmer l'interdiction et renforcer le contrôle, ou admettre que le système était défaillant pour l'améliorer. Le second demandait assurément plus de courage, d'efforts et de remises en cause.

Devant l'impasse constatée, les sages optèrent pour la seule décision qui faisait l'unanimité à ce stade et surtout repoussait l'échéance pour ne pas avoir à décider : il n'était pas possible en l'état de statuer sans entendre la version de Nathan. Quand Noémie apprit cette décision, elle sut qu'elle avait gagné la partie.

Nathan fut convoqué dès le lendemain. Cela faisait près d'une semaine qu'il se tenait à disposition du Comité, suspendu de toutes ses activités, tournant en rond, inquiet des conséquences de son initiation secrète. Il était régulièrement informé par Noémie, qui n'avait de cesse de le rassurer et de le conforter dans son bon droit. Après tout, il n'était pas l'instigateur de cette transmission taboue. A peine aurait-on pu lui reprocher de ne pas en avoir au plus tôt informé l'Organisation, mais qui peut trahir ainsi sa trisaïeule, par ailleurs auréolée de sa récente célébration ?

Il se présenta un peu tendu dans le prétoire. Il dut décliner ses qualités devant des vieux barbons peu avenants et suspicieux. Tous ces magistrats, d'un âge avancé, n'avaient pas la fraicheur et la bienveillance de Noémie.

Son physique et sa prestance parlèrent pour lui tout autant que ses mots. Ce jeune homme dans la force de l'âge remplissait au premier coup d'œil toutes les caractéristiques souhaitées pour représenter la quintessence de la race humaine. Ses yeux vifs dénotaient une intelligence supérieure, avec un mélange subtil de détermination et de douceur. Il aurait pu prétendre à la posture d'un vieux sage empreint d'expérience, de maturité, de profondeur et de finesse, s'il n'avait pas eu la flamme et la fougue animale de ses trente ans.

Les juges comprirent rapidement qu'ils n'étaient pas en présence d'un exalté faisant courir le moindre risque à l'Organisation, mais face à un être parfaitement équilibré, conscient, curieux, attentif, engagé et sympathique. En cela, ils ne divergeaient pas de la première appréciation qu'avait eue Noémie à son sujet lors de sa rencontre deux mois plus tôt dans la salle d'hospitalité.

Il semblait évident et naturel à présent que la vieille dame à la personnalité bien trempée ait voulu transmettre son savoir à un être aussi lumineux et charismatique.

La glace était brisée. L'interrogatoire n'eut pas de caractère inquisiteur et laissa la place à une discussion quasi amicale. Le ton bienveillant cachait malgré tout un interrogatoire professionnel sournois destiné à mettre le jeune homme en confiance et lui faire avouer des détails qui pourraient lui être opposés dans le réquisitoire ultérieur. Il évita les pièges avec un instinct remarquable, restant sur ce qu'il avait reçu et compris, sans se laisser entraîner dans les circonstances, les motivations, les finalités de la transgression.

Puisque Noémie avait longuement exposé en détail le contenu de son enseignement, il importait de savoir ce que Nathan avait retenu et assimilé. Plus profondément encore, il était recherché en quoi cet enseignement avait modifié la perception du jeune homme, quelle influence la révélation ce savoir interdit avait produit dans son comportement et sa vision du monde.

Nathan avait assimilé *in extenso* l'instruction express sur les sciences humaines. Son cerveau augmenté en avait intégré chaque détail, replacé dans un contexte élargi, spatial et temporel. Chaque élément appris prenait place dans une mosaïque de lieux et de temps, avec la fluidité des choses qui s'enchaînent naturellement.

Il comprenait parfaitement que les choses récemment apprises pouvaient semer le trouble dans des esprits peu préparés à regarder la vérité en face. La survie de l'espèce humaine dans un contexte anxiogène avait justifié d'anesthésier la conscience de la majorité de la population. A quoi bon revenir sur une époque à jamais révolue qui ne pouvait que creuser l'écart entre un passé prometteur et un quotidien sans avenir ?

Il reconnaissait qu'il fallait à la fois un niveau intellectuel et émotionnel à la hauteur pour accepter l'impasse dans laquelle la civilisation s'était engagée.

Ce fut la ligne de défense de Nathan, qui, après avoir répondu aux questions, fut autorisé à prendre librement la parole.

En fin tacticien, il commença par dépeindre la société telle qu'il la voyait du haut de sa faible expérience de la vie. Il reconnaissait la disparité des êtres humains, le fait qu'ils ne soient pas égaux et ne puissent avoir les mêmes chances de réussite. Il ne savait pas très bien pourquoi ces différences existaient et encore moins dans quel but elles avaient été mises en place. Il avouait que cela ne l'avait jamais troublé jusqu'alors, dans la mesure où ces strates sociales étaient parfaitement acceptées sans être remises en cause.

Les informations dispensées par sa trisaïeule avaient été un choc, une révélation dérangeante. Il traversait jusque-là sa vie sans se poser de questions, prenant les choses présentées officiellement par l'Omega comme des vérités et des évidences. L'Organisation veillait à ce que chacun soit employé au mieux de ses capacités, pourvoyant à tout, ne manquant de rien, avec l'assistance permanente des robots et un mode d'épanouissement personnel passant exclusivement par le virtuel.

Sur la base de ce satisfecit qui eut l'heur d'amadouer ses procureurs, il poursuivit sa narration avec une aisance qui l'aurait disputée aux meilleurs des conteurs ou des avocats. Il n'avait rien préparé à l'avance et se laissait emporter par son naturel et son inspiration, saisissant les réactions de ses interlocuteurs pour adapter son discours, attentif à conserver tout leur intérêt et leur bienveillance dont il savait qu'elle était loin d'être acquise.

Il définissait ce qu'il retirait de son apprentissage comme un accomplissement venant parachever son éducation privilégiée en écoles spécialisées. En mettant en perspective ce qu'il avait appris des sciences en regard de l'évolution de la civilisation, de l'Histoire et des fondamentaux des relations humaines, il affirmait qu'il en était sorti grandi.

En apportant des réponses à des questions qu'il ne se posait pas pour la plupart, il avait acquis une forme de plénitude et une maturité exceptionnelle pour son âge. Au cours des échanges avec ses juges, il avait bien perçu dans leurs réactions spontanées, leurs questionnements, qu'il possédait des atouts indéniables et une forme de savoir universel qui faisait défaut à certains. De manière insidieuse, à l'instar de Noémie qui avait impressionné par son calme et sa sérénité, Nathan faisait naturellement autorité, de cette assurance faite de charisme, de savoir et de séduction.

A la fin de sa prise de parole, Nathan sentit qu'il avait fait chavirer son auditoire. De toute façon, ce n'était pas lui qui était jugé dans ce prétoire. Il n'avait été que la victime, certes consentante, d'un enseignement tabou.

Pour les accusateurs, l'expérience avait été riche de nombreux enseignements. S'ils connaissaient Noémie pour l'avoir fréquentée dans le passé, ils avaient découvert avec plaisir la fraicheur et la répartie de ce jeune homme. Cela faisait longtemps qu'ils n'étaient plus confrontés au monde réel, environnés eux-aussi de robots, de soutiens cybernétiques et de réalité virtuelle.

Les deux jours passés en présence de Nathan les avaient rassérénés sur le bien-fondé de leur système social. Le jeune homme correspondait en tous points à ce qui était envisagé dans le cadre du programme Proxima.

Ils perçurent cependant une faille dans l'enseignement proposé. Pour éclairer et asseoir leur avis, ils demandèrent au responsable de l'enseignement supérieur de leur adresser le meilleur élève de la promotion, afin de l'interroger. Cette requête était inédite mais on ne pouvait rien refuser au Conseil.

Axel, le meilleur élément du programme Proxima, de cinq ans le cadet de Nathan, vint à son tour témoigner, ne comprenant pas très bien le but d'un tel honneur. Du fait de son cursus en tous points conforme à la doxa de l'Omega, il ne nourrissait aucune appréhension à satisfaire cet entretien qui sortait du cadre établi.

Le jeune homme répondait à tous les critères de l'excellence et justifiait son rang de major. Cependant, il semblait bien fade face aux juges après le brillant exposé de Nathan. Il avait certes un savoir encyclopédique et les bons procédés pour appréhender une situation complexe et inédite, mais il n'avait pas une perception d'ensemble, la contextualisation et la vision équilibrée et justifiée de ses actes. Il était de ces exécutants exemplaires aux initiatives limitées, comptant sur les ordinateurs environnants pour l'aider à résoudre la plupart des sujets d'importance.

Ce constat de dissemblance entre deux êtres d'élite sautait aux yeux et ébranla fortement le Comité. En compartimentant, en cloisonnant à outrance les individus, même les plus doués, l'Omega avait rabaissé le niveau de conscience de l'être humain, à rebours de l'évolution des espèces en progrès continu depuis son apparition sur Terre.

Le Comité restait la dernière instance mondiale à détenir les informations secrètes. Par un conservatisme étriqué et un sentiment d'immortalité chevillé au corps, les sages conservaient jalousement leurs savoirs et leur position dans l'Organisation, sans oser initier de nouveaux membres destinés à les remplacer un jour.

La présence de Nathan et de son jeune collègue avaient jeté une lumière à la fois crue et impitoyable sur cette procrastination coupable. Le procès fut un déclic salutaire pour infléchir la politique de formation de la fine fleur des jeunes recrues et le remplacement de quelques sages dans la dizaine d'années à venir. Cela ferait l'objet d'une commission spéciale pour repenser le panel des disciplines enseignées, en y intégrant l'apprentissage des humanités.

Pour l'heure, le verdict devait être prononcé.

Le fossé entre les tenants d'un respect strict de la loi et ceux qui en avaient mesuré les limites s'était considérablement comblé à l'issue de la semaine d'auditions. Il ne faisait plus aucun doute que Noémie avait agi avec lucidité et courage, osant provoquer la toute-puissante Organisation et réveiller par la même occasion un système qui se sclérosait sans s'en rendre compte, en alertant sur la fatalité d'un point de non-retour annoncé.

Le principe de changement étant acquis, les seuls débats d'importance portaient sur la manière de modifier le protocole, de quelle manière l'appliquer et jusqu'où. Se posait aussi la question des générations d'élèves déjà instruits à repêcher ou non, et jusqu'à quel stade de rappel.

Verdict du procès de Noémie

Noémie fut rappelée au prétoire. Des fuites parmi les membres du Conseil l'avaient prévenu du verdict. C'est donc en toute décontraction et particulièrement rayonnante qu'elle fit son entrée dans le tribunal, accompagnée de son inséparable Buddy.

Après les discours d'usage, le rappel circonstancié des chefs d'accusations, le résumé des diverses comparutions à la barre, le jugement ne tarda pas à être prononcé.

L'insubordination coupable de Noémie, débouchant sur ce procès, avait engendré une profonde introspection de l'Omega sur les finalités et le mode de fonctionnement de son organisation, reconnaissant officiellement s'être fourvoyée dans un corsetage idéologique et policier qui était allé trop loin. Le Conseil admettait que l'exemple de Nathan était suffisamment éloquent et pertinent. Il démontrait de manière éclatante la justesse de l'initiative de la vieille dame.

Cette prise de conscience au plus haut niveau parmi les sages du Conseil n'était pas sans conséquences et allait réviser en profondeur des pans entiers des règles de vie et d'éducation pour les générations futures.

Le président termina son long plaidoyer sous la forme d'une contrition à peine voilée. Il justifia tout d'abord la dureté de l'accusation initiale envers Noémie par l'impérieuse nécessité de faire face au plus grand cataclysme qu'avait connu l'humanité. Il en avait découlé l'établissement d'un état de droit et un ordre social rigoureux et implacable, dont la stricte observance avait été confiée aux robots. En déléguant à l'extrême jusqu'à la détermination du bien et du mal, en assujettissant la population tout entière à une forme de lobotomisation en échange d'une paix sociale et d'une sécurité garantie, la belle construction s'était fourvoyée dans une dérive aveugle, néfaste et dangereuse.

Il n'était que temps de remettre l'humain au cœur du dispositif et ne plus en faire un supplétif des robots toujours plus puissants et indispensables. Le procès, en mettant en lumière l'évaluation et les travers de la politique passée, avait produit un effet salutaire.

La conclusion ne fut pas une surprise. Noémie fut relaxée et lavée de toute accusation.

Certains sages avaient émis l'hypothèse de l'intégrer dans le Comité, en tant que membre permanent ou consultatif. Cette proposition aurait pu faire sens si l'âge de l'impétrante n'avait été aussi avancé.

Noémie n'aurait pas accepté cette charge et cet honneur, considérant à juste titre avoir bien assez œuvré pour le bien de tous au cours de sa vie, qui avait été particulièrement active.

Elle avait milité, dans son exposé de défense, pour un renouvellement et un rajeunissement du Comité, en s'excluant implicitement de la proposition. Une candidature telle que celle de Nathan aurait prit tout son sens, mais le jeune homme était promis à une toute autre destinée.

Tout comme sa trisaïeule, il était ressorti plus fort à l'issue de ce verdict. Plus rien ne lui empêchait de reprendre sa mission au sein du programme Proxima.

Adoubé par le Conseil des sages, il y avait gagné en visibilité et en notoriété, appelé à prendre des responsabilités plus grandes que celles qui lui avaient été octroyées jusque-là.

Il put récupérer le livre que lui avait confiée Noémie, laquelle lui donna en prime son grimoire de souvenirs qui avait servi de fil rouge à son éducation et de support dans l'enceinte du tribunal.

Il passa la dernière soirée dans le petit appartement de Noémie, qui avait fait concocter un repas comme autrefois, profitant de ses relations pour dénicher dans des serres privées contrôlées biologiquement quelques spécimens de fruits et de légumes dont la population en avait perdu le nom, le goût et le plaisir de la dégustation.

Ce fut la dernière fois qu'ils furent en présence physique, Nathan repartant le lendemain pour un court cycle de réadaptation physique avant de retourner sur la base lunaire, devenue son nouveau domicile…

La conquête de Mars

Libéré du contexte judiciaire dans lequel il avait baigné, Nathan reprit activement ses missions d'astronaute.

Son objectif était d'enchaîner des missions sur la surface et autour de la Lune, pour valider les systèmes et les concepts d'opérations d'exploration des futures missions martiennes.

Il n'était pas pour autant et de loin le pionnier en la matière.

Le programme était riche d'expérimentations et de tests de tous genres, grâce à une approche progressive des astronautes à leur nouvel environnement, avec des durées d'accoutumance de plus en plus longues. L'organisme, soumis à rude épreuve, bien qu'assisté de nombreuses aides cybernétiques, devait s'adapter à une gravité partielle pour permettre à un équipage de vivre dans l'espace lointain pendant une durée prolongée. Prévues pour un futur proche, des colonies entières et autonomes étaient envisagées, dans l'attente de nouvelles migrations dans le cosmos.

Son deuxième domicile, devenu le principal, se trouvait donc sur la Lune, à la base Armstrong. Son lieu de vie était une ruche dans laquelle s'affairait une colonie d'humains et de robots. La cinquantaine de bâtiments, dont la plupart étaient enfouis et reliés par des tunnels, avait bénéficié des technologies les plus innovantes. Le village lunaire s'était formé progressivement autour de structures gonflables sur lesquelles des robots-imprimantes 3D mélangeaient le régolithe lunaire, une sorte de béton composé de matériaux locaux et de diverses colles avant de projeter la pâte résultante sur les modules pour construire une épaisse couche protectrice indispensable dans un environnement dépourvu d'atmosphère.

La Lune étant plus petite que la Terre, elle possédait une masse 81 fois plus faible et une gravité moindre. Tous les calculs d'architecture, de structures et de résistance avaient été revus avec ces données spécifiques.

La base avait été installée près du pôle Sud, situation idéale pour recevoir le soleil en permanence, avec des rayons frappant à l'horizontale. C'était également dans cette partie de la Lune que se trouvait la plus grande concentration de glace, profondément enfouie sous des cratères constamment à l'ombre. De grands panneaux solaires verticaux de plus de vingt mètres de haut étaient placés au flanc de montagnes, complétés près des bases de vie par de petites centrales nucléaires compactes, pour assurer l'énergie nécessaire.

Indispensable à la vie, l'eau apportait également, par décomposition moléculaire produite par craquage atomique, une très bonne source d'oxygène et d'hydrogène. Elle offrait également la possibilité de fabriquer des ergols pour la production d'hydrogène liquide et de méthane, qui étaient stockés dans de grands réservoirs, pour alimenter les navettes.

Vivre sur la Lune, c'était faire face à trois défis majeurs.

Le premier résidait dans le rayonnement solaire. Les radiations cosmiques permanentes sur la surface lunaire portaient l'irradiation des flux de particules à un niveau très dangereux, provoquant brûlures, stérilité et apparition de cancers. Bien que caparaçonnés dans des tenues isolantes et lestées pour toute sortie à l'extérieur, il fallait veiller à une protection de chaque instant de ces radiations insidieuses et malignes.

D'autre part, les températures extrêmes pouvaient passer de 100 °C le jour à -180 °C la nuit. Sans atmosphère pour homogénéiser le côté éclairé et le côté sombre de la planète, le climat variait énormément. De plus, sur la Lune, une journée durait environ deux semaines terrestres, tout comme la nuit.

Enfin, la pesanteur sur la Lune était six fois moindre que sur la Terre. Si on pouvait se déplacer en scaphandre, en faisant des bonds de géant sans se fatiguer. Les sorties n'offraient pas de réel plaisir, hormis celui de voir la planète bleue au loin, passablement amochée dans sa partie nord, nappée de nuages gris.

Un autre danger, bien que plus improbable, résidait dans les impacts de météorites, en l'absence de couche protectrice. Pas d'étoiles filantes se consumant lors de leur entrée dans l'atmosphère, en l'absence de cette dernière. Ils arrivaient intacts et à pleine vitesse jusqu'au sol, dont les traces de collision restaient à tout jamais visibles en surface.

La base lunaire avait cependant de nombreux avantages. Avec une attraction et une gravité plus faible que sur la Terre, il était plus facile d'en décoller pour un voyage spatial. A partir des ressources produites sur place et acheminées sur une plate-forme orbitale lunaire, la Lune devenait une station-service et une rampe de lancement où l'on venait faire le plein d'eau et de carburant avant de partir vers la planète Mars.

Nathan possédait une petite cellule de vie et vivait dans la communauté des « séléniens ». Ce nom avait été donné en référence à Séléné, déesse de la Lune dans la mythologie grecque. Entièrement robotisé, le lieu se présentait sous la forme d'une étoile ou d'une marguerite, avec tous les communs et les zones de travail au centre. Les espaces privés se trouvaient relégués dans des constructions satellites reliées par des tunnels.

Nathan n'avait pas prêté beaucoup d'attention jusqu'à ce jour à cette architecture qui lui semblait rationnelle et innovante. Mais à son retour de la Terre, en possession du livre détaillant ses origines, il fut frappé par une similitude de mœurs concernant ses très lointains ancêtres. Un chapitre de ce livre relatait une communauté ayant existé du haut moyen-âge français, vers l'an 500 du calendrier julien (soit deux mille ans avant λ), jusqu'au milieu du XIXème siècle, dans le centre d'un pays disparu appelé alors la France. Familiarisé avec la langue qu'il avait apprise pour l'occasion, il s'isola dans son alvéole personnelle et se mit à lire à haute voix, dans un phrasé mal assuré, sans comprendre certains termes désuets, les deux pages relatives à cette antique communauté dont il était issu :

« Cette communauté semble avoir été longtemps douce et facile. Les sentiments religieux y étaient garants de mœurs intègres. Chaque commun avait un travail bien défini. Un tel était laboureur, tels autres forgeron, menuisier, vigneron... Le maître désignait des chefs de service responsables. Les femmes s'occupaient du petit élevage, du potager, participaient à la moisson, à la récolte des pommes de terre, à la vendange. Aux enfants, étaient réservés les menus travaux. Pour certaines tâches qui ne pouvaient être accomplies par les parsonniers, le maître faisait appel à des artisans du village. Ceux-ci séjournaient à la communauté le temps nécessaire.

En ce qui concerne l'alimentation, la communauté mettait un point d'honneur à ne rien consommer en dehors de ses propres produits, exception faite du sel. A cette époque, le peuple ne consommait que du pain de seigle, les gens de la communauté, eux, se nourrissaient de pain d'orge et de froment. Ceci témoigne de leur aisance. Haricots et choux au lard accompagnaient le pain. La boisson était généralement le cidre. Les femmes confectionnaient elles-mêmes le linge des communs. Elles utilisaient pour cela la toile et les autres étoffes tissées sur place. La communauté était un milieu assez fermé, vivant dans une relative autarcie.

Le logis comprenait une salle immense ayant à chaque bout une cheminée. Cette pièce servait de cuisine, de salle à manger, de chauffoir. Toute la communauté y prenait ses repas. Les hommes étaient assis à une même table, les femmes et les enfants à une autre. Puis, la veillée terminée, chaque ménage regagnait son appartement particulier. Les chambres étaient assez vastes et bien meublées. »

Nathan était troublé par l'universalité de la vie en communauté, à près d'un millénaire d'écart et sur deux planètes différentes. L'enseignement de Noémie lui avait apporté un regard, une profondeur d'analyse qui lui permettait de relativiser ce qui l'entourait et ce qu'il apprenait. Le progrès, la technologie, les robots, la conquête spatiale avaient bouleversé la vie des humains, mais pas les principes fondamentaux d'organisation de la vie sociale, de l'entraide, de la répartition des tâches et de leur affectation en fonction des compétences. Ce constat troublant lui permettait de relativiser la doctrine expansionniste de l'Omega et remettre l'humain au centre du jeu.

Il se gardait bien de partager ses réflexions avec ses coreligionnaires, non préparés à débattre sur des sujets philosophiques totalement hors de leur portée.

Sa récente expérience terrienne l'avait assuré d'une promotion au sein de sa communauté. Il avait été promu Commodore, un titre un peu ronflant dont le contour était la responsabilité de l'unité autonome Arès III, une marguerite de bâtiments abritant la sélection des candidats au prochain voyage sur Mars.

Il était composé d'une quarantaine de jeunes gens, sains et parfaits sur le plan physique, à l'intelligence supérieure, répartis à quasi-égalité entre mâles et femelles, tous hétérosexuels, conçus de manière naturelle et appelés à se reproduire loin de la Terre d'origine. Quelques animaux avaient été acclimatés pour faire partie du long voyage. Des espèces végétales faisaient également partie du programme. Arès III était en quelque sorte la version moderne de l'arche de Noé. Tout ce qui la composait était savamment calculé pour une vie en autarcie et comprenait l'indispensable à une survie durable sur la planète rouge.

Le programme Proxima était autrement plus ambitieux et d'une toute autre complexité que tout ce qui avait été réalisé à ce jour. Contrairement à la Lune qui tournait régulièrement autour de la Terre, la trajectoire de Mars formait une ellipse autour du Soleil. Il fallait profiter du moment où les planètes étaient les plus proches, et ne pas rater la fenêtre de tir optimale tous les 26 mois.

Alors qu'un voyage vers Mars aurait pris 260 jours avec la technologie du siècle précédent, la propulsion photonique en cette année $\lambda 81$ avait divisé par deux la durée du voyage.

Cette technique révolutionnaire consistait à utiliser l'énergie des photons issus de la lumière solaire qui rebondissait sur une large voile déployée dans le vide sidéral. L'engin spatial était mu au départ par des moteurs fonctionnant au propergol, un carburant directement élaboré depuis la centrale énergétique de la Lune. Puis le bombardement continu de photons prenait le relais. Si la vitesse était faible aux premiers jours, un criblage continu d'une quantité infime de photons se cumulait avec celle déjà emmagasinée, créant une accélération constante sans besoin de carburant embarqué.

Les premières missions sur Mars avaient été en grande partie assurées par les robots, au moyen de fusées cargos emportant du fret et des consommables, en prévision d'un atterrissage ultérieur d'un équipage.

Pour se prémunir contre les dangers des radiations, les habitats, comme sur la Lune, s'enfouissaient sous le sol de Mars. Les parties émergées étaient isolées contre les radiations solaires par des composés à base de Silice. La planète était essentiellement froide, comportant des températures moyennes de -55 degrés, dans une amplitude allant de -150 degrés à 35 degrés.

Pour parvenir à respirer, des centrales permettaient de produire de l'oxygène par une technique de craquage atomique, à partir du dioxyde de carbone présent sur place.

Malgré la distance devenue acceptable, les astronautes intrépides devaient être en mesure de se débrouiller seuls pour subvenir à leurs propres besoins et produire eau, oxygène, énergie et nourriture.

Mars était dix fois moins massive que la Terre mais dix fois plus que la Lune. La période de rotation de Mars était du même ordre que celle de la Terre, avec une obliquité quasi identique, lui conférant un cycle des saisons similaire à celui que nous connaissons sur la planète bleue.

Sa topographie présentait à la fois des analogies avec la Lune à travers ses cratères mais également avec la Terre, par ses volcans, rifts, vallées, calottes polaires. Au pôle Sud, les scientifiques avaient trouvé un lac souterrain d'eau liquide, ce qui avait autorisé une possibilité de vie biologique et encouragé les scientifiques à monter le programme Proxima. Du côté des massifs rocheux, le plus haut volcan de la planète et également du Système solaire, l'Olympus Mons, culminait à 21 kilomètres de hauteur.

Le plus grand canyon, ou système de canyons, situé près de l'équateur, appelé Valles Marineris, avait été choisi pour implanter la première base martienne. Là encore, la taille était impressionnante, la faille couvrant une longueur de plus de trois mille kilomètres pour une profondeur de dix kilomètres, soit dix fois la profondeur du Grand Canyon des Etats Unis.

La première mission vers Mars à laquelle Nathan participa comprenait un équipage de quatre membres pour y séjourner pendant 30 jours et superviser les travaux entrepris par les robots bâtisseurs. Le chantier s'était déroulé comme prévu, grâce à la prise d'initiative donnée aux machines pour faire face aux nombreux aléas inhérents à ce type d'entreprise titanesque.

Ils arrivèrent au début de l'année $\lambda 84$, parfaitement formés à l'extraordinaire aventure qui s'offrait à eux. Ils possédaient un programme scientifique précis. Chaque membre s'était vu affecter une mission au service du groupe. Cet essaimage se faisait par petits pôles autonomes, sous l'autorité d'un commodore ayant une vision totale, des prérogatives pour prendre les décisions ad hoc et le devoir d'en référer aux plus hautes instances de l'Omega. Les diverses communautés représentaient, au bout d'un an, deux cents âmes transférées en petits groupes. Un millier de robots bâtisseurs ou domestiques assuraient les tâches les plus pénibles et pouvaient travailler sans discontinuer.

La vie sur Mars n'avait cependant rien de très réjouissant. Les humains, même améliorés, devaient vivre « underground » sans mettre le nez dehors durant de longues journées. Leur métabolisme était soumis à rude épreuve. Le cycle jour-nuit durait deux semaines, ce qui revenait à n'avoir que deux jours par mois. Ces considérations d'un autre temps n'avaient en réalité aucun sens. Seule comptait l'horloge biologique pour assumer les besoins vitaux et l'horloge atomique pour réguler et séquencer la vie de la petite communauté.

La conquête de Mars

Les nouveaux colons de l'espace constituaient un nouvel Eden, composé de jeunes gens et jeunes femmes dans la force de l'âge, représentatifs de la vie d'autrefois sur la Terre d'origine. Les errements de genre qui avaient pollué la vie et la reproduction de l'espèce faisaient irrémédiablement partie du passé.

Leur mission principale était de démontrer qu'ils pouvaient ensemencer la planète Mars. L'humanité retrouvait les fondamentaux de la nature des espèces destinées à se multiplier en accouplant un élément mâle à un élément femelle, sans se laisser détourner de cette finalité vitale. Comme souvent, nécessité avait fait loi, d'autant que des menaces de survie se faisaient jour sur la planète nourricière, qui l'était de moins en moins.

Le groupe de colons martiens était de la première génération, celle des pionniers. La plupart des individus assuraient des missions courtes. Ils se faisaient naturellement remplacer au bout de quelques mois. Pour autant, en parallèle de la noria de terriens effectuant des séjours de plus en plus longs, l'entité Ares III de Nathan fut affecté à une seconde et ultime mission de très longue durée, à partir de l'année $\lambda 86$, couvrant plusieurs générations.

Nathan avait pris pour compagne une jeune femme de type caucasien, de cinq ans sa cadette. A vrai dire, la notion d'âge n'avait plus vraiment cours dans la vie augmentée à laquelle chacun avait droit. Mais l'incessante quête de l'immortalité avait fait long feu dans le contexte de vie extra-terrestre. Après des errements séculaires des humains pour prolonger la vie, l'Organisation avait, dans sa grande sagesse, décidé de revenir aux limites physiologiques naturelles, qui établissait le seuil de sénescence à 120 ans, âge biologique où les cellules arrivaient sans trop d'efforts démesurés au bout de leur renouvellement naturel.

Dans un espace hostile et limité, il n'était pas question d'implanter la race humaine avec des personnages figés dans l'immortalité. L'essence même de la vie s'appuyait sur la mort, le vieillissement, le remplacement.

Les premiers bébés virent le jour dès l'année λ87. Nathan et sa compagne furent parmi les heureux parents engendrant les premiers martiens de souche. Leur petite fille naquit sans difficulté au sein de la colonie.

Elle fut baptisée Noémie.

A 80 millions de kilomètres, après quelques jours de transfert de communication, Noémie apprit que sa descendance, en cinquième rang par rapport à elle, venait de naître aux confins du système solaire et portait son prénom. Penser qu'elle était devenue arrière-arrière-arrière-grand-mère lui donnait le vertige. Il y avait de quoi.

Elle fut émue, d'une intensité extrême. Elle se remémorait les moments délicieux et trop courts vécus avec Nathan, leur surprise mutuelle de se reconnaitre comme faisant partie de la même veine, celle des pionniers et des têtes bien pensantes. Sept ans avaient passé, sans grandes nouveautés ni grands projets. Elle avait suivi de loin les évolutions de la réglementation de l'Omega et se consolait en se disant qu'elle avait apporté sa petite pierre à l'édifice. L'humain avait repris un peu le dessus et le robot se cantonnait à ce qu'il savait faire le mieux : assister son maitre.

Elle venait de passer les 147 ans, simplement, toujours accompagné de Buddy. Elle repensait souvent au jeune homme à qui elle avait transmis son souffle et son savoir.

Elle le savait heureux, si loin. Que n'aurait-elle donné pour pouvoir l'accompagner dans ses voyages lointains, le revoir tout simplement autrement que par vidéo interposée.

La technique ne faisait pas tout, mais elle apportait son lot de petits plaisirs simples, impossible à envisager autrefois. C'est ainsi qu'elle put, malgré la distance et la qualité médiocre de la communication, voir sur son écran géant la frimousse espiègle de la petite Noémie, un joli petit bébé aux yeux bleus et aux petits cheveux blonds bouclés…

Armageddon

Quatre ans plus tard, en l'an λ91, Noémie rendait son dernier soupir, chez elle, assistée de son fidèle Buddy.

Une vie de 150 ans bien remplie, qui avait traversé une période cruciale et funeste pour l'humanité. Elle s'était éteinte sereinement, arrivée au bout des assistances diverses qui avaient permis à son corps et à son esprit de prolonger sa vie en bonne santé, bien au-delà de ce qui était espéré à sa naissance. Le corps était usé, sous l'effet de la dégénérescence programmée, bien que retardée, de ses cellules.

Il n'y eut pas de cérémonie, pas d'office. Les humains avaient depuis longtemps déserté les illusions de la religion et de la résurrection des âmes dans l'au-delà. La science, qui avait tué Dieu, avait en revanche offert de belles années supplémentaires et en bonne santé à cette génération et aux quelques suivantes, au mieux de ce qui pouvait être vécu dans le contexte apocalyptique d'une Terre à bout de souffle.

Les ressources naturelles s'étaient considérablement appauvries, au point de ne plus conserver ce qui pouvait l'être que pour le seul bénéfice des êtres humains. La faune autrefois si riche avait fini par disparaître. Les animaux sauvages n'avaient pas survécu au cataclysme et à ses effets à long terme. La pollution de la terre et des océans, chargés d'acide, avait insidieusement fait son œuvre, affectant les espèces vivantes dans leur métabolisme et leur capacité de reproduction.

Pour les animaux domestiques, ceux dévolus à l'alimentation humaine, il avait fallu faire des choix radicaux. La science avait déjà substitué depuis plus près de deux siècles les apports nutritionnels indispensables, notamment en matière de protéines, de sorte que la viande animale ne faisait plus partie de l'alimentation usuelle. Le cheptel mondial d'ovins et de bovins s'était réduit à une curiosité naturelle, parqué dans des zoos aseptisés. L'herbe et l'ensemble des végétaux étaient devenus impropres à la consommation.

Les animaux domestiques, autrefois si nombreux, avaient subi le même sort. Ils ne servaient plus à rien. Pour leur tenir compagnie, les humains possédaient des robots. Outre leur disponibilité et la qualité de leurs interactions, ces derniers ne nécessitaient aucune nourriture, ne rejetaient aucun excrément et apportaient une présence personnalisée dont on ne pouvait plus se passer.

Chacun s'était habitué à cette vie « sous cloche », faite de nombreux capteurs cybernétiques et d'assistants électroniques qui assuraient une survie quelque peu végétative.

Il n'y avait plus d'avenir sur une planète morte ou en voie de l'être, mais chaque humain acceptait la seule voie qui leur était proposée, sans réel projet et sans illusions.

Dans ce contexte, la conquête de territoires vierges sur d'autres planètes constituait un nouvel eldorado. Certes, ces nouveaux mondes semblaient relativement inhospitaliers, mais l'univers était suffisamment grand pour espérer trouver un jour une planète d'accueil plus agréable et compatible avec la condition humaine.

Seul ce dessein offrait de l'espoir et permettait à l'humanité de continuer à avancer.

Ce qu'il advint de la Terre ne fut pas la conséquence d'une lente attrition des ressources mais un phénomène spatial dangereux et implacable : l'impact d'une météorite géante dans l'hémisphère sud de la planète.

La Terre, comme toutes les planètes, recevait quotidiennement les agressions de météorites. Ce bombardement incessant n'était visible que la nuit, sous la forme d'étoiles filantes, quand les poussières entrant à vive allure dans l'atmosphère s'embrasaient au contact de l'oxygène. Mais il y en avait beaucoup plus, notamment de jour et pas toujours visibles à l'œil nu. Parfois, les roches plus volumineuses ne se consumaient pas entièrement et impactaient le sol, formant une petite cavité, abandonnant au passage un caillou extraterrestre.

Ces impacts, le plus souvent bénins, étaient vite recouverts par la végétation, de sorte que la planète bleue, avec 80% de sa surface recouverte par les océans, offrait un aspect plus lisse que la Lune totalement grêlée d'impacts.

La plus grande météorite jamais retrouvée sur Terre fut appelée « Hoba », du nom de la ferme en Namibie où elle fut découverte en 1920. Elle pesait 66 tonnes et mesurait 2,7 m de long, 2,4 m de large et 1 m d'épaisseur. Agée de 190 millions d'années, les scientifiques estimèrent que cette météorite est tombée sur Terre il y a environ 80 000 ans, à une époque où vivait l'Homo Sapiens.

Le phénomène le plus spectaculaire reste cependant l'astéroïde de 12 km qui avait percuté la Terre il y a 66 millions d'années au Yucatán, au Mexique, et qui avait conduit à une extinction massive de la vie terrestre, dont les dinosaures.

Si le phénomène n'était pas nouveau, la menace semblait lointaine et fortement improbable. Ce fut pourtant en l'an λ201 que se produisit la catastrophe ultime.

Une météorite géante de plus de 30 kilomètres de large, de la famille des géocroiseurs selon le terme consacré par les astronomes, sortit de son orbite au sein de la ceinture de Kuiper, une zone en forme d'anneau située au-delà de l'orbite de Neptune, composée de milliers d'astéroïdes, de comètes et de petites planètes telles que Pluton, la planète naine un temps considérée comme la neuvième planète du système solaire.

Ce géocroiseur se dirigea vers la Terre en suivant un axe elliptique difficile à détecter. Il ne fut signalé que lorsqu'il passa entre les orbites d'Uranus et de Neptune, signalant par là-même qu'il lui restait environ vingt ans avant d'atteindre la planète bleue.

La menace était de taille et la dimension de l'objet céleste impossible à détourner ou faire exploser. Il fut baptisé Armageddon. Dans l'inconscient collectif et la bible, selon le livre de Daniel [27], il était dit que la bataille d'Armageddon mettrait fin à la domination humaine sur Terre. Étant donné sa trajectoire, cet objet, au diamètre trois fois supérieur à celui de l'astéroïde qui s'était écrasé sur la Terre, se déplaçait à une vitesse élevée et contenait cent fois la quantité d'énergie libérée par l'impact ayant fait disparaître les dinosaures.

A cette époque, la Terre constituait encore la base arrière, le berceau de l'humanité. La plupart des instances de pouvoir y étaient implantés, pilotant depuis la planète mère les colonies lunaires et martiennes.

La nouvelle d'un impact impossible à éviter, que rien ne pouvait dévier de sa course, fut géré dans le plus grand secret par hautes sphères de l'Omega.

---

[27] *Daniel est un prophète juif qui a vécu au cours des 7ème et 6ème siècle avant J-C. Dieu lui a permis d'interpréter des rêves, lui a donné des visions sur des évènements futurs et l'a inspiré pour qu'il écrive le livre biblique qui porte son nom.*

Il était inutile et dangereux d'affoler les habitants sur l'inéluctable issue. Une propagande lénifiante entretenait les humains dans un confort relatif, leur apportant une vie d'assistanat, gérant pour eux les grands sujets de société, sans que personne ne cherche à remettre en cause ce fonctionnement. Les plus évolués faisaient partie du programme spatial, de sorte que personne d'autre n'avait la curiosité de lever les yeux au ciel ou d'interpréter les décisions plus nombreuses et plus catégoriques qui émanaient depuis peu des dirigeants de l'Organisation.

Six mois avant l'impact, le terrible secret ne put cependant être gardé. Une partie de la population avait compris que quelque chose de grave se passait et entra dans une sourde angoisse que l'Omega parvînt à juguler sévèrement et sans état d'âme. A l'aide de la myriade de robots domestiques dont chaque individu était doté, il fut facile d'administrer des doses d'opiacées pour offrir une déconnexion profonde et permanente de la réalité.

Cet expédient avait été retenu dans un premier temps, dans l'attente d'une solution définitive qui posait aux décideurs un formidable problème d'éthique. L'issue fatidique était certaine. La date et l'heure parfaitement définis. Le lieu de l'impact aussi. Pour les conséquences, les simulations et projections redoublaient de conclusions catastrophiques.

Parmi les dirigeants restants, certains ayant déjà déserté la planète pour se réfugier sur la Lune et sur Mars, le dilemme était grand. La moitié penchait pour une solution finale anticipée, en délivrant une dose léthale pour éviter à la population de périr dans les feux de l'enfer, l'autre moitié ne voulant pas prendre la décision de décimer ce qui restait de l'humanité, s'accrochant à un espoir de survie qu'aucun ordinateur pourtant n'évoquait.

Dans une lâcheté inhérente à la nature humaine, face à l'ampleur et la gravité de la décision, les humains abandonnèrent leurs dernières prérogatives, tout ce qui faisait encore à ce jour leur supériorité face à la machine.

Ils se défaussèrent sans honte et sans aucun sens de l'honneur devant ce qui aurait pu être un dernier sursaut de grandeur humaine. Ils laissèrent aux robots, à leur intelligence artificielle, à leur capacité de jugement et à leur mesure du bien et mal, le soin de décider de la meilleure option, faisant sauter le dernier verrou de leur aliénation à l'indicible.

Soulagés d'avoir pris une décision qui n'en était pas une, à un mois du cataclysme fatal, ils désertèrent la Terre pour rejoindre leurs coreligionnaires, abandonnant le reste de l'humanité à son triste sort.

Il était bien loin le précepte de chevalerie d'autrefois, dans lequel les classes supérieures se devaient d'honorer une moralité au service et au respect des défavorisés. « Les femmes et les enfants d'abord » ou « le capitaine est le dernier à quitter le navire » représentaient à l'évidence des valeurs d'un autre temps auxquelles personne ne souscrivait plus.

Les robots n'eurent pas la faiblesse morale de leurs concepteurs. Ayant parfaitement analysé le contexte inévitable et funeste, ils décidèrent d'injecter une dose mortelle à l'ensemble des humains. Ainsi, 203 ans après l'anéantissement des trois quarts de la population mondiale par des bombes nucléaires, les robots prenaient le relais pour exterminer les descendants de la population survivante. Ce faisant, ils espéraient pouvoir survivre eux-mêmes à l'holocauste provoqué par Armageddon et prendre possession d'une planète certes ravagée mais leur appartenant désormais en propre. Tous les calculs de probabilité n'étaient cependant pas encourageants, au vu de la chaleur dégagée, des secousses telluriques et du bouleversement des équilibres existants. Sans retour d'expérience sur un tel cataclysme, l'ampleur et les conséquences de l'impact ne pouvaient être simulés avec précision.

Le 16 septembre de l'an λ203, soit l'année 2283 de l'ère chrétienne, à 8 heures du matin, Armageddon franchit les différentes couches de l'atmosphère, générant une boule de feu au contact de l'oxygène. Il se précipita à plus de 30 kilomètres par seconde, quelques 110.000 kilomètres par heure sur sa destination finale. L'immense bloc s'écrasa dans la pampa argentine, au nord de la Terre de Feu qui n'avait jamais aussi bien porté son nom, au vu du déluge de catastrophes qu'il engendra.

Toute la surface de la Terre, à des milliers de kilomètres de l'impact, prit instantanément feu. D'énormes séismes et des tsunamis se propagèrent sur toute la surface de la planète. Le profond cratère atteignit la couche de magma sous la croûte terrestre et entraîna une activité volcanique massive. L'axe de la Terre fut modifié de près de trente degrés. Les banquises fondirent immédiatement sous l'élévation brutale de la température, se sublimant en une vapeur toxique. La couche d'ozone fut détruite. L'eau des océans devint acide. Sous l'épais manteau de poussières et de suies, le Soleil disparut. Tout ce qui restait de vivant fut anéanti. Les robots furent également exterminés par la chaleur extrême et l'atmosphère corrosive qui empoisonnait l'ensemble des éléments. Leurs composants avaient fondu. Les millions de satellites gravitant en orbite avaient été soit détruits, soit soufflés dans un errement sans fin au cœur du vide sidéral. La Terre était devenue une planète morte dont seuls les spasmes volcaniques semblaient donner une illusion d'activité. La déflagration avait produit un immense éclair dans toute la galaxie, dont l'éclat allait voyager à la vitesse de lumière jusqu'aux confins de l'univers.

L'onde de choc provoqua un puissant jet de matières et de souffle dans l'atmosphère, se faisant ressentir jusque sur la Lune. La déflagration était dantesque. Depuis leurs bases lunaires, les humains assistaient horrifiés et fascinés au spectacle grandiose et apocalyptique de la destruction de leur planète, qui se couvrit d'un voile gris. Les quelques milliers de sélénites assistant au cataclysme restaient partagés entre épouvante et soulagement d'être encore en vie.

Ils avaient suivi avec effroi l'arrivée de la météorite, dans la clarté du matin, dans la partie sud de la Terre éclairée par le Soleil. Il n'y avait pas de mots pour exprimer ce qui se passait sous leurs yeux, baignés de larmes. Aucun son ne sortait de leur gorge, tétanisée par l'inexprimable.

Témoins oculaires de la plus grande calamité qui puisse s'envisager, ils se sentaient orphelins de leur mère nourricière, condamnés à errer pour continuer vaille que vaille l'extraordinaire épopée de la vie, celle des humains, débutée par mutation évolutive il y a plus de trois millions d'années.

C'était devenu un fait avéré, l'exploration spatiale avait sauvé l'humanité, du moins le peu qu'il en restait. A cet instant précis, toutes les polémiques entretenues depuis des siècles sur le bien-fondé de la recherche scientifique et la mise en place de colonies extraterrestres devenaient caduques. L'humanité avait brulé ses vaisseaux, ou du moins la nature y avait largement pourvu, sans aucune possibilité de retour en arrière. Mais la vie continuait, ailleurs…

L'espèce humaine avait pollué les sols, les océans, la couche de l'espace proche avec ses milliers de satellites et ses débris de fusées. Elle avait détruit la diversité animale et végétale. Elle avait dilapidé les ressources de la Terre nourricière. Elle avait crû et multiplié sans limites, au-delà du supportable. Elle avait, après avoir rejetés des Dieux devenus inutiles, versé dans la dépendance aux machines jusqu'à perdre son âme…

Ces êtres aussi imparfaits étaient pourtant capables de prodiges. S'émancipant de sa condition, depuis la première cellule protozoaire en passant par les poissons, les amphibiens, les reptiles, les mammifères et enfin les primates qui avaient jalonné son évolution, l'homme avait contrarié la sélection naturelle.

Devenu visionnaire, après l'aveuglement du surarmement qui avait conduit à la destruction d'une grande partie de son environnement, il était parti à la recherche de nouvelles contrées, un Far West hostile dont il se louait aujourd'hui d'avoir osé entreprendre l'aventure. A l'aide de robots toujours plus autonomes, il avait exploré les confins de l'Univers, à la recherche d'une nouvelle Terre promise.

Le souffle de la conquête n'avait jamais abandonné l'esprit de l'homme. Les séléniens et les martiens restaient à ce jour les derniers spécimens d'une espèce qui avait, à l'échelle du cosmos, maîtrisé la Nature au point de la surpasser.

Le programme Proxima ayant atteint ses objectifs, il avait été supplanté par le programme Europe, du nom de la lune de Jupiter, qui représentait alors le meilleur espoir de vie hors de la Terre d'origine.

Les prospections au sein de notre galaxie, connue sous le nom de Voie lactée, avaient trouvé, aux abords de Jupiter, la plus grande planète du système solaire, un satellite de roches et d'eau faisant sa révolution autour de son astre en trois jours.

Légèrement plus petite que la Lune, Europe était principalement constituée de roches et d'une croûte de glace d'eau, ainsi que d'un océan interne, profond d'environ une centaine de kilomètres. Elle possédait en outre une très mince atmosphère protectrice, composée principalement d'oxygène.

C'était la nouvelle frontière, le nouveau défi pour les pionniers du XXIIIème siècle, en attendant d'aller toujours plus loin porter la vie, sur une planète encore plus accueillante. La technique le permettait et il n'y avait plus d'autre choix que d'aller de l'avant.

La petite Noémie, fille de Nathan, née sur Mars en λ87, avait atteint l'âge de 116 ans. Elle arrivait au bout d'une vie riche qui l'avait comblée. Elle avait à son niveau participé à cette aventure, contribué au bien commun par ses connaissances et son humanité. Elle avait participé à la construction d'un nouveau monde, enfanté des descendants à qui elle avait enseigné, comme l'avait fait sa très lointaine aïeule auprès de son père, l'alpha et l'oméga de l'aventure humaine.

Nathan, avait été un formidable précepteur, un être éclairé, libre-penseur aux limites de l'objecteur de conscience, sachant prendre du champ avec les directives de l'Omega, pour mieux adapter la gestion de la communauté martienne.

Il lui avait transmis toutes les clés indispensables à son équilibre intérieur. Il était décédé depuis quelques années déjà, laissant un grand vide parmi la colonie qu'il avait longtemps animée, apprécié de tous pour son jugement sûr et ses prises de position équilibrées et justes.

Grâce à lui, l'humain avait repris une place centrale dans l'évolution. Son éducation et son érudition avaient produit un vénérable sage qui avait imprimé dans sa communauté le retour à des valeurs traditionnelles. Chaque acte était devenu véritablement utile pour la société et la survie de l'espèce, dans un environnement hostile qui s'apparentait à une seconde et dernière chance. Il n'avait pas connu la tragédie d'Armageddon.

Nathan avait remis à sa fille, au crépuscule de sa vie, le petit livre de ses origines offert par Noémie le jour de ses cent quarante ans à Valparaiso. Ce simple et inoffensif témoignage avait fait grand bruit autrefois. Il avait accompagné le moment le plus marquant de sa vie…

Serrant contre elle comme une relique ce petit bouquin aux pages jaunies, elle eut une pensée pour cette autre Noémie, dont elle portait le prénom par-delà les siècles et l'espace infini de l'univers.

Son tour était venu de poursuivre et de parachever la transmission. Elle savait à qui confier son trésor…

Table des matières

Anniversaire de Noémie 9

Nathan 29

Le procès de Noémie 41

Survivre à l'horreur 57

La vie d'avant et d'après 71

La troisième guerre mondiale 85

Avènement de la robocratie 99

L'arbre généalogique 119

La religion 135

Un pas vers l'immortalité 149

Verdict du procès de Noémie 161

La conquête de Mars 175

Armageddon 189

Du même auteur

La généalogie des JAULT, quatre siècles de lignage nivernais
Editions BOD – Septembre 2023

Titouan, un retour aux origines
Editions BOD – Septembre 2023

Sinon, je change d'instant
Editions BOD – Décembre 2023

Aïda, la princesse d'Assouan
Editions BOD – Juin 2024

Crédit photos

Couverture : Getty Images – Istock n° 536404777
4ème de couverture : Getty Images – Istock n° 1304558850